# 団塊世代人の
# モノローグ

## 前村 晃

*Akira Maemura*

三恵社

# ごあいさつ

　本書はタイトル通り、団塊世代人の「モノローグ（独白）」ですが、いわば団塊世代人の「自分史」あるいは「自分たち史」といったものになっています。

　したがいまして、読者は主に団塊世代の人々を想定していますが、団塊J.r世代や他の世代の方々が、自分たちの世代と比較、対照しながら読んでくださるならば、著者としてはこの上なく嬉しく存じます。

　著者は、平成30年（2018）10月現在、71歳です。お役所の文書では前期高齢者となっています。「団塊世代」という言葉は、堺屋太一の造語（コイン）ですが、敗戦直後の昭和22年(1947)、昭和23年(1948)、昭和24年（1949）の3年間に夥しく生まれた人々のことを指しています。アメリカにも、同様の世代がありますが、こちらは「ベビーブーマー」と呼ばれています。著者は団塊世代の筆頭の昭和22年(1947)生まれです。

　仲間内でごく僅かはまだ現役ですが、大半は男女共とっくに年金暮らしです。私たちの仲間は、敗戦直後の劣悪な環境の下、半ば放任された状態で育っています。そのせいか、社会通念に縛られず、強い自己主張をし、わが道を行くというタイプが多いようです。そのため、他の世代からは敬遠されたり、嫌われれたりすることもあるようです。

　青春時代、全国的な大学紛争の中枢部を担ったのも団塊世代でした

が、結局、これは短期間で挫折しています。

　中卒者も、高卒者も、大卒者も、社会人になるとこの世代は企業戦士となって、戦後日本の高度成長を担っています。しかし、働き盛りの40歳前後に、バブル経済とバブル経済崩壊に遭遇しています。その後は「失われた30年」の中で働き続けて定年を迎えますが、慢性的な経済不調は同世代の退職金や年金にも反映しています。

　若い頃は、あんなに元気だった団塊世代も、最近は、すっかりおとなしくなりました。諦めたのか、眠っているのか、ひたすら沈黙を保っていて、その存在感もすっかり薄れてしまったようにも見えます。

　しかし、団塊世代人の数自体はまだまだそれほど減っていませんから、今後も、間違いなく年金制度や医療制度の根幹を揺さぶり続ける存在であり続けることでしょう。

　著者自身は、短期間、小、中、高の教職経験をし、その後はずっと短大、大学に勤務しています。つまり、その枠内で人生経験をしていますが、比較的広い交友関係がありますので、サラリーマンや個人経営者の世界もある程度は見聞きしています。

　著者は、過去、私立短大から国立大学に移り、その後、国立大学から国立大学法人となった職場を65歳で定年退職しました。しかし、その後、引き続き私立大学で4年間勤務し、69歳11ヶ月で人生二度目の定年退職をしました。私の勤務者暮らしは非常勤講師1年を含め、通算45年という長いものになったのです。

　二度目の定年退職後は、授業や、学生の実習先訪問や、会議や、入

試業務等からは完全に解放されましたが、現在、収入は少ないのに出費は多い、という暮らしをしています。

　ところで、私は数年前に私家版『ある団塊世代人の軌跡』という冊子を作成し、身近な人々に配布しました。そのため、再び同種の本を出す予定はなかったのですが、前著には団塊世代人の「夢と、挫折と、自立と、終活」のプロセスを十分に記述できませんでしたので、改めてこの本を出すことにしたしだいです。

　最初は、この本も身辺の人々に配布するだけにし、一般公開の予定はなかったのですが、ある先輩から「私的メッセージは私的メッセージならではの意味がある。躊躇せずぜひ公開し給え」と勧められましたので、ISBN を取得し、国立国会図書館に規定の書を納め、一定の範囲で販売できる手続きを取りました。

　世の中にはいわゆる「団塊世代本」も一定数はあります。しかし、団塊世代人自身が語る「団塊世代本」は思うほど多くないようです。したがいまして、団塊世代人自身が語る「団塊世代」の過去・現在・未来について、同世代および他世代の方々が、ご関心とご興味を持って読んでくださることになれば、著者としてはこの上なく幸甚に存じます。


著者

## ＜目次＞

ごあいさつ・・・・・・・・・・・・・・・・・・・　3

### I　団塊世代人の誕生と生い立ち・・・・・・・・　13

#### 1　団塊世代の登場と混乱・・・・・・・・・・・　13
○団塊世代は世界大戦の落とし子(13)
○小学校入学式における校長先生の「生存競争」の式辞(14)
○団塊世代の子どもの情景　1；すし詰め教室(15)
○団塊世代の子どもの情景　2；アベックからかい事件(17)
○団塊世代の子どもの情景　3；肥後守と子どもの刀狩り(18)
○団塊世代の子どもの情景　4；貧乏だった仲間たち(19)
○団塊世代の子どもの情景　5；手製ピストル事件(22)
○団塊世代の子どもの情景　6；修学旅行中の焼酎飲酒事件(23)
○団塊世代の子どもの情景　7；山の雪取り事件(23)
○団塊世代の子どもの情景　8；トンビが逃げて無断欠席のM君(25)
○団塊世代の子どもの情景　9；蕨島一周事件(26)
○団塊世代の子どもの情景　10；田舎中学生のたわごと(27)

#### 2　忍び寄る受験競争の影・・・・・・・・・・・　28
○ラサール中学に進学した小学校の同級生(28)
○自信満々から劣等感に悩む日々(32)
○エジソンになりたかった少年と大学入試(35)
○佐賀大学受験の経緯；淳の優しさと表迫先生の助言(36)
○もてないのを"貧乏のせい"にしていた"私"(40)

#### 3　大学紛争の挫折と不完全燃焼感・・・・・・・　41
○大学紛争の話をするだけで"元過激派"と噂される？(41)
○佐賀大学紛争の発生と経過(42)
○大学紛争で処分された人の声(42)
○講堂ろう城150人と自主退去(46)
○佐世保のエンプラ闘争と入試の実力阻止方針(46)

○それぞれの挫折(48)
○学び直し　1；修士課程入学と村内哲二先生の予測(49)
○学び直し　2＜番外編＞；早稲田の杜の恵み(52)

## II　勤務者時代と自立への道 ・・・・・・・・・・・・ 55

### 1　高校 - 小学校 - 中学校の教職経験 ・・・・・・・・ 55
○作田操君の就職騒動と "もてない君" の私立女子高採用(55)
○稲城二中　1；坂浜の中学生たちと二度の富士登山(59)
○稲城二中　2；卒業生の同窓会(62)

### 2　淑徳短期大学勤務の時代 ・・・・・・・・・・・・ 64
○4大並を勤務条件とした恵まれた短大(64)
○大学院のテキストになった共著『現代美術教育論』の執筆(66)
○翻訳；スタンフォード大学E. W. アイスナー教授の著書の共訳(67)
○大学教員を多数輩出した「海外美術教育研究セミナー」(68)
○バブル経済を実体験した団塊世代人(69)

### 3　佐賀大学勤務の時代 ・・・・・・・・・・・・・・ 76
○研究＞教育＞社会的活動で評価される世界(76)
○翻訳；ハーバード大学H. ガードナー教授の著書の翻訳(77)
○文部省（文科省）検定済教科書『中学 美術』の作成(78)
○附属小学校の校長(79)
○『豊田芙雄と草創期の幼稚園教育』（建帛社）と学会賞(81)
○佐賀の先生方と作成した『造形遊びの展開』（建帛社）(83)
○佐大美術館完成；短期間で来館者1万人！(84)
○名誉教授とは(85)

### 4　西九州大学勤務の時代 ・・・・・・・・・・・・・ 87
○大学教員の再就職をめぐって(87)
○それぞれの年金事情(88)
○西九州大学附属三光幼稚園園長を兼務(89)

○三光幼稚園に「新預かり保育棟」竣工(90)
○若楠小学校学校評議員を務める(91)
○拙稿が『なるほど・ザ・鹿児島』の参考文献に(91)
○国の重要文化財「大阪市立愛珠幼稚園」を訪問 (92)
○文科大臣賞が追加された全国高校生押花コンテスト(96)
○九州放送教研有田大会で指導助言講師をして(96)
○「いつやるの？　今でしょ」の全体講師・林修氏(97)
○森上青水筆「渋うちわ」を入手(97)
○日本保育学会自主シンポジウム２回目と３回目(99)
○水野谷憲郎氏と佐賀で再会と「保多棟人遺作展」(100)
○三光幼稚園で高齢者と七夕交流会(101)
○町田の「柿島屋」を家族で再訪(102)
○西九大大学院子ども学専攻設置(104)
○国民文化祭押花コンテスト審査員２回（平27&30）(104)
○『豊田芙雄と同時代の保育者たち』（三恵社）の出版(105)
○熊本地震で熊本、阿蘇、大分で甚大な被害(106)
○共著『日本の中のドイツを訪ねて』を出版(108)
○ＮＨＫ首都圏ネットワークで豊田芙雄を紹介(109)
○西九州大学最終盤の仕事(109)

5　勤務者時代と完全退職後の海外旅行・・・・・・・・111
○団塊世代と海外旅行(111)
○初めてのイギリスとフランスの旅(114)
○サンフランシスコとロサンゼルスの旅(119)
○ニューヨーク・ワシントン・テキサス等を巡る旅(122)
○中国の旅（３回）(124)
○ドイツ・オーストリアの旅(130)
○韓国の旅（２回）(132)
○初めてのイタリア旅行(134)
○台湾の宜蘭（イーラン）へ桜川以智の足跡を訪ねて(139)
○旅行付録＜内外の珍味＞ザザムシ・サソリ・ラクダ(140)

Ⅲ　完全退職者と終活の日々・・・・・・・・・・・143

1 研究と研修に定年はない ・・・・・・・・・・・・・143
○二度目の定年退職直後の悲哀感(143)
○ノーベル賞受賞者、大村智先生とのスリーショット(144)
○共著『わくわく探訪 日本の中のドイツ』(三恵社) を出版(145)
○「お月様偉いな」を歌える友人(146)
○山梨県立図書館が「旧著」を維新150年関係図書に選定(147)
○老人は熟成人で古酒(147)
○生活防衛と認知症予防の投資(148)
○この年でまさかの共同研究に着手(152)


2 団塊世代人の故郷回帰 ・・・・・・・・・・・・・154
○溝下の謎と溝下古墳群(154)
○溝下古墳群を発掘した恩師の池水寛治先生(156)
○珍説；紫尾山名称は道教紫微宮（北極星）由来か(158)
○陰陽道と私たちの暮らし(167)

3 団塊世代人の自然回帰・・・・・・・・・・・・・171
○小屋の南天庵；身の丈に合った殻(171)
○南天国(174)

4 団塊世代人の青春回帰 ・・・・・・・・・・・・・178
○上知識同年講の友だち(178)
○亡くなる仲間たち(179)
○詩人の岡田哲也君(181)
○倫理研究所の元幹部の田中範孝君(181)
○東京紫岳会同期会の人々(182)

5 団塊世代の老後を生きる・・・・・・・・・・・・183
○「終活」は「死に支度？」(183)
○1；「勉強」と遊ぶ(184)
○2；「酒」を味わう(186)
○3；「コーヒー」を楽しむ(188)

○４；「旅行」を楽しむ(189)
○５；「園芸」で遊ぶ(189)
○６；「瞑想」をする(190)
○７；「鑑賞」を楽しむ(191)
○８；「表現」で遊ぶ(192)
○９；「市場の株」と「自然の株」を楽しむ(194)
○10；「治療」とうまく付き合う(195)
○11；「捨てる」を実行する(196)

執筆者紹介

# Ⅰ　団塊世代人の誕生と生い立ち

## 1　団塊世代の登場と混乱

### 〇団塊世代は世界大戦の落とし子

　下の人口ピラミッドは国勢調査資料を基に国立安全保障・人口問題研究所が作成した「日本将来推計人口」の2020年の予測です。この項の執筆時点から1年数ヶ月後の推計人口ピラミッドになりますから、ほとんど現在の人口状態を示していると言えます。団塊世代の誕生は、世界的な大戦が終結し、戦地から多数の復員兵が帰ってきたことに起因しています。団塊世代は世界大戦の落とし子と言えるのです。

　人口ピラミッドの上から二番目のイエローオーカーの層で突出している部分が第一次ベビーブームいわゆる団塊世代です。誕生数は概数で、昭和22年（1947）が約268万人、昭和23年（1948）も同じく約268万人、昭和24年（1949）が約270万人でしたが、その後、死亡する者もあって、当然、年々、わずかずつは減っているわけです。

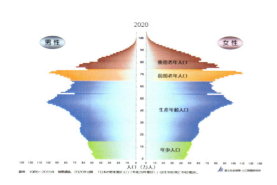

＜国立安全保障・人口問題研究所作成＞

13

人口ピラミッドの青色の突出した部分は、第一次ベビーブームの人たち
の子どもの世代で、第二次ベビーブームいわゆる「団塊 J.r 世代」に
なります。団塊 J.r 世代は文字通り「親の因果が子に報う」世代にな
ります。団塊 J.r 世代も各年度 200 万人前後生れています。最近の年
間新生児数は各年度 100 万人を切るような状態ですから、少子化の進
行は止めようがないほど深刻なのです。

　若い人の中には、団塊世代を目のかたきにしている人もいますが、
団塊世代と団塊ジュニア世代の存在は、強力な消費者層として、国家、
社会を経済的に支えているのです。

　もちろん、団塊世代の早い退場を願っても、団塊世代の人々はしぶ
とさが身上ですから、そう簡単には消えないのです。確かに、少子高
齢化は経済上も国防上も国家的な重大案件です。ですから、若い人々
がいら立つのも理解できるのですが、いま、若い世代と団塊世代がい
がみあうことは、党利党略、個利個略だけに奔走している老獪な連中
を喜ばすだけの愚かな行為になります。いまは弱い者どうしがケンカ
をするのではなく、むしろ一緒になって、日本の将来に対するより明
確なヴィジョンを示すべき時なのです。

## 〇小学校入学式における校長先生の「生存競争」の式辞

　鹿児島県の北辺の出水町立西出水小学校（現・出水市立西出水小学
校）の入学式で、チョビひげを生やした、チャップリンのヒトラーに
そっくりのN校長先生が「諸君は、仲間があふれるほどいます。です

から、将来、入試も、就職も、結婚も激しい競争になります。生存競争はすでに始まっています。一生懸命勉強しないと、入試も、就職も、結婚もうまくいかないのです」といった具合いの式辞を述べられたことを覚えています。

　しかし、私は（たぶん仲間も）、ほとんど校長先生の言葉を理解していませんでした。「セ・イ・ゾ・ン・キ・ョ・ウ・ソ・ウ、テヤ。コヤナイヨ？　英語ヤ？　親戚ン兄チャンナ高校ハ行カンジャッタ。ソイギ、入学試験モナカッタド」と思ったり、「競争シテズイ結婚スッテ、恥ズカシカ。オヤ、結婚センド」と思う程度だったのです。

　校長先生は、むしろ親たちに「あなた方の子どもには将来大変な競争が待っています。だから、それを頭に入れて子育てをしなければなりません」と言いたかったのだろうと思います。しかし、戦後のどさくさの時代に、生活するだけで精一杯だった親たちが、校長先生の言葉をきちんと理解していたかどうかは疑問です。

## ○団塊世代の子どもの情景　1;すし詰め教室

　団塊世代が小学校入学を迎えると、教室は足りず、先生も足りないという状況が生まれました。しかし、わが国は、敗戦直後で財政事情は極度に悪く、団塊世代対策は常に後手後手に回っていたのです。普通、教室には55名の児童、生徒が詰め込まれた、と言われていますが、昭和28年（1853）、浜松市では小・中学校の一学級平均が64名で、最も多い学級は71名だった、という記録も残っています。

地域によっては、一学級 60 名以上にせざるを得なかったのです。いずれにしろ、いわゆる「すし詰め教室」は全国どこでも普通に見られる光景でした。

　また、先生の不足も深刻だったようで、私が 4 年生に進級した時、私の学級は 2 週間ほど担任不在の状態が続いて、教室はハチの巣を突いたようになって、当時個人負担だった教科書代金数名分が盗まれる、という事件まで発生しました。

　ようやくやってきた担任は、腰に手ぬぐいをぶら下げた、人の良さそうな"しゃくれあご"の老先生でした。さっそく H 君は老先生に"あごでっかち"というあだ名を付けました。

　当時、老先生に見えた U 先生も、実際は 50 代半ばぐらいだったのではないか、と思います。その頃の唱歌では「村の渡しの船頭さんは、今年 60 のおじいさん、年はとってもお船をこぐ時は、元気いっぱいろがしなる、それぎっちら、ぎっちらこ」と何のためらいもなくのんきに歌っていた時代ですから、50 代の人を子どもが「おじいさん」と思っても不思議ではなかったのです。いま「今年 60 のおじいさん」とか「今年 60 のおばあさん」と歌ったら 60 歳の人々が怒り出すかもしれません。しかし、先日、ラジオでこの歌を聞く機会がありましたので、まだこの曲は生き残っているようです。

　また、私は経験していませんが、都市部の学校では午前と午後に分けた授業、いわゆる二部授業が行われたところもあったそうです。私たち団塊世代の教育環境は劣悪だったのです。こんな環境下でも「模

範的な優等生」も少しはいたようですが、大半はスキあらば悪さをしようと虎視眈々とねらっている子どもばかりでした。

## ○団塊世代の子どもの情景　2；アベックからかい事件

　この話は、「機銃の不発弾をかまどの火にくべて、鍋の底を割って、父親にこっぴどく叱られたG君（下島重弘君）」に、もう一度冊子を出すことがあったら、ぜひ書いてくれと頼まれた事件です。

　これも私たちが小学校低学年の頃のことでしたが、ある春の日、旧飛行場跡へツバナ（イネ科の植物チガヤの若い穂をツバナと言い、各地で食されていました。うっすらと甘みがあって田舎の子どものチューインガムといったところ）でも採りに行った時かと思うのですが、G君を含め私たち5、6人の少年の群れは、松林の若草の上で睦まじくしている若い男女を発見して、興味津々となり、藪に隠れながらアベックの近くまで忍び寄って行きました。30メートルほどの距離になったところで、私たちは一斉に立ち上がって「ワー、見タド、見タド、スケベ、スケベ、※※シゴロ、※※シゴロ」とからかったのです。

　女は「あほみたい」という顔で私たちを見ていましたが、男は突然切れて「ワッカ、コラー、ウッ殺イドー」と絶叫しながら、鬼のような形相で私たちに迫ってきました。私たちは捕まったら殺されると思って必死に逃げました。逃げても、逃げても男は大声で「コラーッ、待タンカ、ウッ殺イドー」と怒鳴りながら追いかけてきました。

　途中、菜の花畑に逃げ込んで走りました。菜の花は私の背丈ほどあ

りましたが、菜の花は激しく左右に揺れ、菜の花の花粉が舞い上がる中を必死に走りました。恐怖心にかられた私たちはなりふり構わず全速力で逃げ続けたのです。

　それでも男はわめきながらしつこく追いかけてきました。しかし、男は走りにくそうにしていましたので、靴を脱いでいて裸足だったか、バンドをゆるめていてズボンがずり落ちそうになっていたか、と思います。私たちは1キロくらい走ってとうとう逃げ切りました。

　大人になってから、子どもとはいえ、無粋なことをしたなあ、と反省しましたが、戦後も鹿児島の男の子は、女の子と遊ぶな、女の子としゃべるな、と先輩から厳しく指導されていましたので、睦まじくしているアベックの姿など想像を絶する世界でしたから、私たち少年は妙に興味を持ってしまったのです。

　若い二人にとっては、とんだ災難だったろうと思います。二人の顔は全然覚えていませんが、この二人も生きていたらもう80代になっていることでしょう。

## 〇団塊世代の子どもの情景　3；肥後守と子どもの刀狩り

　私たちの小学校時代は、男の子は大半が「肥後守」という小刀を持っており、常時、ポケットに入れて必要な時に使用していました。男の子は鉛筆を削るだけでなく、細い木や竹を切ってチャンバラゴッコの刀を作ったり、竹とんぼを作ったり、柿の実を剥いたり等々、何でも肥後守一本で間に合わせていました。

肥後守が少年たちから奪われたのは、昭和35年(1960)10月12日、日比谷公会堂で演説中の社会党委員長、浅沼稲次郎を短刀を持った右翼の少年、山口二矢(おとや)（17歳）が刺殺した、という事件を契機に、全国的な「刃物を持たない運動」が生まれ、児童文化史でいう「子どもの刀狩り」が実施されることになったからです。

　ところで、最近、「村正」の銘で剣型の肥後守が製造され、中高年の間で静かなブームとなっています。「村正」は5,000円前後するのですが、みなさん少年時代への郷愁から購入しているようです。私もネット上で注文して写真のような「村正」を手に入れました。

＜私の守刀「村正」の肥後守＞

## ○団塊世代の子どもの情景　4；貧乏だった仲間たち

　終戦直後に生まれた、私たち団塊世代は、子ども時代、ほとんどが貧乏でした。私の家は農家で月々の現金収入がないので、教材費等の納入日に親からお金を貰えない日もあって、そんな日は、学校へ行っても非常に居心地の悪い思いをしました。

　また、弁当のおかずは、梅干しと沢庵2、3切れか、炒(い)った煮干し

に醤油をかけたものが数匹弁当のごはんの上に直接乗っているといった程度で、自分の弁当を大変恥ずかしく思っていました。

　サラリーマンや商店の子どもらの弁当には、ご飯とは別のおかず箱に、卵焼きやシャケや「カツオの小さな赤いサイコロ状の佃煮」などが入っていました。私はそんな弁当を見てはため息をつくばかりでした。ほとんどの子どもが弁当のフタでおかずを隠して食べていました。大変卑屈な子どもの姿ですが、子どもの多くは自分の貧相な弁当を友だちに見られたくなかったのです。

　私の弁当は、何かの拍子に、昆布の佃煮がごはんの片隅に乗っかっていたらもう最高でした。しかし、そんなことはまれなことでした。小学校低学年の頃「オカズガ恥ズカシカデ、学校ハ、行カン」と駄々をこねて、学校に行かなかったことも２、３回はありました。いま思えば大変情けない話ですが、私は弁当のおかずが恥ずかしくて不登校をしたのです。

　しかし、そのうち、私よりも貧乏な子どもたちがいることに、だんだんと気づくようになりました。クラスの中には弁当すら持ってこれない子どもが何人かいて、そういう子は、昼食時間になると、そっと席を離れ、校庭の隅にうずくまって、クギや木の枝で地面に絵などを描いて時間をやり過ごしていたのです。

　私の家は農家でしたから、食べ物自体に困ることはなく、米、麦をはじめ、イモ、ウリ、スイカなどは自由に食べられましたし、魚好きの母親は、たまには無塩のワタリガニを茹でて一人に一匹ずつ与える

といった「大盤振る舞い」もしました。冷凍技術や輸送手段の未発達の時代には、魚介類も獲れ過ぎた日には、驚くほど安く売っていたのでしょう。

　また、年に何回かは、何かの行事で餅をつき、ぼたもちを作るということもありましたし、親戚の慶弔事に母親が模様がユニークな自家製の羊羹（さつま木目羹）を作り、切れ端を私たちに与えました。ひどく貧乏な子に比べたら私はまだましだったのです。

＜母が時々作ったさつま木目羹＞

　当時は、住宅事情もひどいものでした。特に、大陸や台湾から引揚げてきた家庭は貧しくて、ほとんど掘っ立て小屋同然の手作りの家に住んでいました。

　何しろ、出水中学校では洞穴に住んでいる、と噂される女生徒がいたような時代だったのです。

## ○団塊世代の子どもの情景 5；手製ピストル事件

　団塊世代の子どもは、大人の目が行き届かないのをいいことに、やんちゃの限りを尽くしています。これも私が中学2年の頃でしたが、学年全体で手製ピストル事件というのが発生しました。

　時効とはいえ、真似されたら困りますから、具体的には書きませんが、学年の大部分の男の子が手製のピストルを作って標的の空き缶や雀を撃つという遊びが流行（はや）ったのです。

　この事件は、某君が火薬の入ったガラスの小瓶（こびん）をズボンのポケットに入れたまま相撲をとり、投げ飛ばされたひょうしに火薬が爆発し、太ももに大けがをしたということで警察にバレています。

　それから間を置かず、早朝、各クラスに警官が集団でやってきて、一斉捜索を開始し、子どもたちの机、鞄（かばん）、ポケットから多数のピストルを押収しました。各クラスかなりの数の男の子が手製ピストルを持っていたのです。私自身はまだピストルを持っておらず、ピストルの銃身と工具類を押収されただけでした。

　この事件は地元の新聞でも大々的に報道されましたが、出水警察署では、ピストルの威力テストをしたようです。結果は、2メートル離れたところから撃った弾が厚さ2センチの板を貫通し、殺傷能力があることが判明した、という記事でした。

　中学校では緊急学年集会が開かれ、先生たちが口々に、長い教師生活をしているが、こんなひどい学年は初めてだと言われました。

ベビーブーム世代の私たちは中学でも 1 学年に 12 クラスもあり、しかも各クラス 55 人の生徒がひしめいていましたので、先生方の目は行き届かなかったのです。

## ○団塊世代の子どもの情景　6；修学旅行中の焼酎飲酒事件

刃物や飛び道具など危ない話題が続きましたが、私の中学校の修学旅行では生徒が酒盛りをする、という事件も発生しています。

だれかが修学旅行に焼酎を隠し持って来たのです。私は全然関係ないのですが、生徒会役員の X 君も酒盛りに加わっていたのですから、ほんとうに悪ガキどもばかりの学年でした。

ただ、私の溝下集落では、男の子は年に一度の花見で燗をつけた焼酎を配るのが役目でしたから、この日は、私たちも大人に隠れて焼酎を味見しました。つまり、溝下では焼酎の味は小学校 4 年の春に知ることになっていたのです。

もちろん、現代ではこんな悪ガキは、田舎にもいない、ということですから誤解のないよう書き添えておきます。

## ○団塊世代の子どもの情景　7；山の雪取り事件

これもまさに「ひとりごと」です。中学 2 年の 12 月上旬の頃、前の晩に木枯らしが吹いて上宮山（方言でジョゴザン）がうっすらと白くなっていましたので、

「夕べハ寒カッタガ、ヤッパイジョゴザンナ雪ジャッタネ」
と私が言ったら、だれかが、
「ナシケ、アイガ雪ジャアムンケ、マアダ雪ァ降ランド」
とからかったものですから、怒った私が、
「フンナラ、オイガ雪ョ取ッテクッデ、ミトケ」
と言ったところ、下島君と金光君と思い出せないもう一人が、
「ジャッド、ジャッド。アキラガ言ゴッジャ。俺モ雪ョ取イケ行ッド」
と同調して、放課後、4人はそれぞれバケツを一個ずつ持って山へ向
かって出発しました。

　しかし、山は麓から見るほど近くはなく、行けども行けども雪が積
もっている所にはたどり着けませんでした。そのうち日も暮れ、道も
だんだんと狭まってきたあたりで、私たちはやっと木々の間に降り積
もっている雪を見つけて狂喜したのです。

　私たちはバケツに雪を詰め込んで、夜の9時か9時半頃には、学校
に帰り着きました。学校には2、3の先生が残っていて「明日改メテ
話ヲスッ。今日ハスグ帰レ」と言われました。

　翌朝は、下島君も、金光君も、私も早めに登校して、友人たちにバ
ケツの雪を自慢しました。仲間たちは、バケツの雪に手で触れながら、
うっとりした表情で、
「ヨカ、ヨカア。冷タカア。ヤッパイ雪ジャッタネー」
と言って喜びましたが、1時間目は、急きょ、道徳の時間になって、
私たち4人は担任の先生からこってり油をしぼられました。

24

同級生は、

「先生ハ、ガイヤッタイドン（叱ったけど）、ワイダ（お前たちは）、マコテ偉カ衆ジャ。俺タッノ　オ手本ジャッド」

とほめ讃えてくれたのですが、上級生には、

「ンマー、ソゲンタ、小マンカ衆デン、セン。晩サメ（夕方）ニャ、戻ランコテ。ワイダ、出水中ン恥ジャッド」

と冷たく言われました。いま思えば、確かに、愚かな４人組でした。

## 〇団塊世代の子どもの情景　８；トンビが逃げて無断欠席のＭ君

　中学２年か３年の頃でした。クラスのＭ君（以降、Ｍと記述）が、学校を無断で３日ほど休んだことがありました。先生は久々に登校したＭを教壇の上から厳しく叱り付けました。

「Ｍッ、ナシケ、無断デ休ンダカッ。理由ヲ言エ！」

「ト、トンビガ逃ゲテ、見シケ方デ、学、学校ドコイジャンカッタ」

とＭが言ったので、クラスはどっと沸きました。Ｍは勉強が嫌いで成績は常に「超低空飛行」を得意技としていましたので、授業に出ることよりも、逃げたペットを探す方を優先したのです。

　ある時など、Ｍと好敵手のＳが定期テスト期間３日間の内２日間風邪で休みましたので、「Ｍッ、今度ア、ワイガ（お前が）勝ッタドナワイ。成績表を見セテノ」と言って、成績表を見せてもらいましたが、なんと、Ｍの３日間の総合点はＳの１日の総合点に及んでいなかったのです。Ｍは「アハハハ、コン次ア、ドゲンカナロ」と言いましたが、

その後もMの成績がドゲンカナッタ記憶はありません。

　ただ、Mは手先が器用で木の板に彫ったMの騎馬像のレリーフなどは "粘りのある表現" で感動的でした。Mは集団就職の直前に、わが家に遊びに来たのですが、Mが帰った後、私の母は、「アゲン、小マンカトニ、他所ヤッタ、業ラシカ（かわいそうだ）。本人ナ、全然気ニシトランドン」と言っていました。Mは再会したい団塊世代の友人の一人ですがその後の "Mの行方は杳として知れない" ままです。

## ○団塊世代の子どもの情景　9 ；蕨 島一周事件

　出水中学から北西 10 キロほどの所にある、橋で陸続きとなっている蕨島という小島まで遠足に行った時のことです。片道 10 キロ、630 名の大移動ですから、現地の滞在時間は限られていたのですが、だれかが島を 1 周しようと言い出して、男子 15 名は即実行に移しました。

　島は周囲 3 キロほどですが、何しろ道のない岩浜を海岸沿いに伝い歩くのですから、予想以上に時間がかかって、元の場所に戻った時は、仲間たちはすっかり出発した後でした。

　現地には、担任のH先生が一人だけ残っていましたので、私たちは叱られると覚悟しましたが、H先生はわれわれの無事な姿を見て安堵したのか、「トモカッ無事デ良カッタ」というだけで叱ることはありませんでした。

　いつもひょうきんなS君は調子に乗って「先生ッ、15 少年漂流記ノゴッ、アリモシタ」と言って皆を笑わせ、H先生もクスッとしました

が、「心配をかけたくせにまだアホなことを言っている」と言いたげな苦々しい顔をしていたのを覚えています。団塊世代の子どもは、やんちゃで、はみ出しっ子で、好奇心の塊でもあったのです。

## ○団塊世代の子どもの情景 10；田舎中学生のたわごと

　私は中学生の頃、親の前で「将来、特許デ大儲ケスッ！　サラリーマンナンカ、セン！　分限者ニナッテ鎌倉ニ家ヲ建ツッ！」と何度も高らかに宣言しました。たいてい両親は「エエ、鎌倉ニ家ヲヤ。ソヤ、良カガ」と言うだけで私の言うことをほとんど無視していました。

　鎌倉に家を建てる、と言うのは、何を根拠にしていたのか良くわかりませんが、おそらく、鎌倉には有名な小説家や画家や金持などが住んでいることを新聞か雑誌で目にしていたのだろう、と思います。

　しかし、私は生涯、特許も取れず、金持にもなれず、鎌倉に家を建てることもありませんでした。また、「サラリーマンナンカ、セン！」と大見栄を切ったのに、実際は、既述のように 70 歳になる 1 ヶ月前まで正規労働者として働いています。世の中は田舎の中学生が考えるほど甘くはなかったのです。

## 2　忍び寄る受験競争の影

### 〇ラサール中学に進学した小学校の同級生

　鹿児島の"ラサール"が全国的に有名な進学校であることは言うまでもないでしょう。このラサール中学に西出水小学校の同級生、Ｓ君（以降、Ｓと記述）が進学しています。これは現在でも出水ではまれなことだと思いますが、当時はまさに例外中の例外でした。

　定かな記憶はありませんが、Ｓが西出水小学校に転校してきたのは私が小学校３年か４年の時だったかと思います。転校してきたＳは、自分はラサール中学に進学し、将来は東大に行く、と公言しました。もちろん、私たちのように毎日毎日遊びほうけている"自然児"でも「ラサール」や「トーダイ」が特別な学校だということぐらいは知っていました。しかし、だからといって、Ｓを見習って、自分も有名進学校に行こう、と言う者は一人もいませんでした。

　Ｓは私たち自然児とはまったく違う世界に住んでいたのです。もちろん、Ｓの学力は突出していましたし、絵を描くのも得意でしたので、級友の中には"武者絵"を描いてくれるようせがむ者もいました。

　ただ、Ｓは音楽は極端に苦手で、Ｓの「歌？」には音程など一切なく、鹿児島方言のアクセントで歌詞を一生懸命「棒読み」するばかりでした。私は、生涯、あれほど「珍妙な歌？」に出会ったことは一度もありません。あれは「歌」ではなく雨乞いの"呪文"です。

　さすがにＳも反省して「歌唱力向上」に努めたようですが、ほとん

ど効果はなかったようです。ただ、カラオケなど、中途半端に上手い「歌」より、Ｓの雨乞いの「呪文」の方が"迫力"があります。

　Ｓの"呪文"を初めて聴いた上司は、最初は目を「・」にしたでしょうが、すぐに「これは並の歌ではない！　これぞわが社の無形文化財だ！」と讃嘆して拍手喝采したかもしれません。Ｓはあの「呪文」のおかげで出世したかもしれないのです。

　私たち自然児５、６名は、時々、下校時にＳの家に招待されました。Ｓの父親は県立高校の先生で、家は官舎でしたが、昔、豊臣秀吉が薩摩攻めの時、本陣を置いたという稲荷山の崖の下にありました。

　遊びに行っても、Ｓとは一緒に漫画を読んだり、簡単なゲームをするぐらいでしたが、しばらくすると、Ｓはいつも私たちから離れて一人で勉強を始めました。私たちはそれを気にすることもなく、漫画を読み続けたり、裏の崖を登ったり下りたりして遊び続けました。おやつの時間になると、Ｓの母親がお菓子と、私たちの家にはない"ミキサー"で作った甘夏ジュースなどをくれましたので、私たちはそれを待っていたのです。

　それに、Ｓの母親は色白で、手、指も細く上品で、私たちの母親が真っ黒な顔と節くれだったヒビだらけの手をしていたのとは大違いでした。

　いま思えば、Ｓの母親が私たち自然児を自宅に呼んだのは、粗野な私たちが雨乞いの"呪文"を唱えるＳをからかったり、いじめたりしないよう気を使っていたのだろう、と思います。

Sは、その後、ラサール中学から、ラサール高校に進み、早稲田の政経に入って、卒業後は大手商社に就職したようです。これはSの父親と県立高校で同僚だった、私の従兄<sup>いとこ</sup>から直接聞きました。

　現在、Sと交流のある西出水小学校の卒業生はいないようです。Sは、私たち"駄馬<sup>だば</sup>の群れ"の前にさっそうと現れた"受験界のサラブレッド"だったのです。

　当時の"進学率"を『わが世代　昭和二十二年生まれ』（河出書房新社/1978年/59頁）で見ますと、高校進学率は次のようです。昭和22年（1947）生まれを赤字にし、下線をつけています。

　　昭和36年「62.3%（男63.8/女60.7）」
　　昭和37年「64.0%（男65.5/女62.5）」
　　昭和38年「66.8%（男68.4/女65.1）」
　　昭和39年「69.3%（男70.6/女67.9）」
　　昭和40年「70.7%（男71.7/女69.6）」

　大学等（短大・浪人をふくむ）進学率は次のようになっています。昭和22年（1947）生まれを赤字にし、下線をつけています。

　　昭和39年「19.9%（男27.9/女11.6）」
　　昭和40年「17.0%（男22.4/女11.3）」
　　昭和41年「16.1%（男20.4/女11.8）」
　　昭和42年「17.9%（男22.2/女13.4）」

昭和 43 年「19.2%（男 23.8/女 14.4）」

　平成 29 年（2017）の時点で、高校の進学率は 90％代半ばで安定し、大学・短大等の進学率は 54.8％で、男女比もほぼ同じになっていることに比べれば、昭和 22 年（1947）生まれの高校進学率、大学・短大等進学率はまだまだ低かったと言えます。特に、前後の学年に比べても昭和 22 年生まれの進学率は低くなっています。手元に資料があるわけではありませんが、おそらく、出水あたりでは大学・短大進学率は 10％を切っていたのではないでしょうか。

　また、現代からすれば信じ難いほどに、団塊世代の大学・短大等進学率では男女差が目立っています。当時は「女は大学に行かなくていい。結婚が遅れるから。どうしても進学したいなら短大にしろ」という親が圧倒的でした。わが国は戦後 20 年経っても、先進国の仲間入りどころか、まだまだ「封建時代だった」のです。

　また、団塊世代のおよそ三分の一は "金の卵" ともてはやされて中卒で就職しましたが、家庭の経済的事情で進学を断念せざるを得なかった人もあっただろうと思います。

　中卒で就職した級友の中には、貧乏で不登校気味ながら、成績はいつもクラスでトップクラスだった子もいました。そういう子が、その後、どう生きたか、個人的には大変気になるのですが、まだそれを聞く機会はありません。

　いずれにしろ、中卒で集団就職した人々が社会に出たのは、高卒者

より 3 年、大卒者より 7 年、修士修了者より 9 年、博士満了者より 12年早かったのです。

## ○自信満々から劣等感に悩む日々

　団塊世代の小学校時代、鹿児島県北辺の出水市（昭 29.04.01 出水市発足）でも市街地には小さな学習塾があったようです。しかし、農村部に住む子どもには無縁の世界でした。田舎でも大勢の団塊世代の子どもの中には、勉強好きな子もいたようですが、ほとんどの子どもは毎日毎日ひたすら遊びほうけている自然児そのものでした。

　団塊の子どもたちは、野でも、山でも、海でも、川でも、道でも、崖でも、樹上でも、藪の中でも「遊びの場」と「遊びの種類」と「遊びの仲間」に事欠くことはありませんでした。

　西出水小学校の先生方は、子どもたちの中学校入学後の成績を気にされたのか、私たちが 6 年の時、学年独自の学力テストを実施され、学年総数 230 名ばかりの中で、上位者（20 名だったか、30 名だったか記憶にありませんが）だけを、みんなの前に成績順に並ばせ、その他大勢の児童に拍手で讃えさせる、といったことを実施しました。

　私自身の成績はどうだったのか、まるで記憶にありませんから、たぶんロクな出来ではなかったのでしょう。当時の中学校では、定期テストでも実力テストでも学年総数 630 名ばかりの内、上位者 100 名だったか、150 名だったか忘れましたが、順位と氏名が廊下の壁に貼り出されました。ただ、当時から不思議でしたが、小学校の時の成績上

位者は、ほんの一握りを除けば、すっかり他の人と入れ替わっていたように思います。自然児の中にも、中学校に入って、勉強の面白さに目覚める者も徐々に出てきたということなのでしょう。

中学校では、私自身の成績も少しずつ良くなって、まれには、学年630名中3番とか5番の時もありましたが、ムラがあって、ひどい時にはかなり下まで落ちました。

高校に入ると、50名の選抜クラスに入り、担任から入試の順位は一桁だったことを聞きました。入学当初、私は自信満々でした。しかし、入学直後に実施された国・数・英の実力テストで、自分では思いもしないような低い順位になって、私は、先生の間違いじゃないか、と思いながらも"茫然自失"となったのです。

私は高校に入った途端に、自信満々から、一転、劣等感に悩む日々を送ることになりました。一日中、気持が晴れることはなく、何もすることなくじっとしていると、自然と涙がポロポロとこぼれ落ちてくる、という状態でした。

ヘルマン・ヘッセの『車輪の下』や久米正雄の『受験生の手記』などを読んで、小説の主人公と自分を重ね合わせて、深い"ため息"をついたのもこの頃のことでした。美術部に入ったのは、そんな情けない状態から脱出したい、という思いもあったからです。

しかし、人生の早い時期に挫折を経験したことは良かった、と思っています。挫折経験もなく、順調に有名大学に入学し、エリート官僚やエリート会社員になって初めて挫折する場合は、落ち込みが大き過

ぎて、立ち直れない場合もあるようです。

　高校でも、テストの結果が廊下に貼り出されるのは、中学校と同じでしたが、高校では総合点の順位だけでなく教科ごとの点数と順位まで発表されました。私も国語ではまれに学年１位とか３位とかになりましたので、その時はただ単純に喜びました。定期テストは熱心に取り組まなかったので、結果も悪かったのですが、１年の学年末の実力テストでは一桁の順位に戻りましたので、１年かけてある程度高校での勉強のコツもわかってきたのでしょう。

　ところで、大学入試は、特に国立大学では、スポーツにたとえると「５種競技」とか「10種競技」の高得点者をちやほやしている感じでしたが、これは大学の官僚養成時代の名残りではないかと思います。私はオリンピックのように「100ｍ走」とか「マラソン」のように種目（科目）ごとに高い評価を与えていいのではないかと思っていました。

　しかし、そうはいっても現実は現実です。私の成績は、国語だけがまずまずで、理数系を含め全体に芳しくなく、特に英語の低得点が大きく総合点の足を引っ張っていました。英語が特別苦手だったのです。もちろん、英語が苦手では、理系であろうと、文系であろうと、大学入試では非常に不利だとわかりましたので、高校２年の半ば頃から英語の勉強も真剣にやるようになりました。

　当然のことですが、高校２年頃までは、英語の偏差値は非常に低かったのですが、高３の夏休み明け時の全国旺文社模試では偏差値80程度（そういう数値もあるのです）に引き上げることに成功しています。

英語だけは、後に、東大に進学し、大臣になった東京の某氏より上だったと記憶しています。ボンクラでも「やればできる」のです。

　ただ、私の本当の欠陥は、何でもある程度できるようになると、すぐ「もうこれでいいや」と思ってしまって手を抜くところにありました。その後、そんな自分の甘さを削り取るのに、10年か15年はかかったように思います。私が真に勉強の面白さに目覚めたのは30歳前後になってからです。ボンクラは目覚めるのにも時間がかかるのです。

## ○エジソンになりたかった少年と大学入試

　私は、小学校低学年の頃、エジソンの伝記を10数回も繰り返し読んで暗記し、大発明家になれるのは自分のような者だと確信するようになりました。ドン・キホーテが中世の騎士道物語を読みふける内に、自分を中世の騎士と錯覚し、サンチョ・パンサを連れて武者修行の旅に出かけたのと良く似ています。

　小、中学校の頃にはすでに自動稲刈機や水素エンジンなどを考えて、試作品を作ったりしました。ある日など、長さ15センチほどのペンシル状のアルミの筒に、火薬を詰めてロケットにし、支柱をわらで作って点火したところ、わらに火が移って支柱が倒れ、突然、ロケットが煙を吐きながら激しくグルグルと旋回し、最後は火を噴きながら私の股の間をかすめて飛んでいったことがありました。

　私は「機銃の不発弾をかまどの火にくべて、鍋の底を割ったG君」を笑いものにしましたが、私もG君とほとんど似たようなものだった

35

のです。

　高校1年頃までは、経済的に可能なら大学の「発明学科」に入学したいと思っていました。しかし、大学に"発明学科はない"ということを知って、がっかりした記憶があります。これも高校時代の小さな挫折の一つです。将来、発明家になるという明確な夢を持っていたのは良かったのですが、実際には、時々テレビで見かけるような、役に立たないものばかり発明して"自己満足している発明家"にしかなれなかったような気もします。

　大学には発明学科がないと知って、少し迷った私は、美術部の先輩が進学した千葉大学の工業意匠学科を受験しよう、と考えました。しかし、種々調べる内に入試科目が自分に向いていないことに気付きましたので、美術系に進学することに変更したのです。

## ○佐賀大学受験の経緯；淳の優しさと表迫先生の助言

　現在、大津に住む堀之内淳君（以降、淳と記述）は、わが家の隣の同い年で、平常は普通の付き合いしかないのですが、私が座礁しかかった時、何度も助け舟を出してくれた恩人です。

　私が第一志望の東京の大学に落ちたのは高校時代最後最大の挫折でした。受験に失敗した私は気持が挫け、すぐに大学受験を諦め、新聞で就職先を探しましたが、淳がわが家にやってきて、佐賀大学も受験しろ、と熱心に私を説得しました。しかし、第一志望に落ちたから佐賀大学は受けない、就職することに決めた、と私が言い張ったため、

淳は、３年生は卒業式を終え、休暇に入っていた出水高校に行き、私の担任の 表 迫勝之先生（後の出水高校校長）に会って、

「アキラガ佐賀大学ハ受ケン、就職スッテ言ッテマス。ドゲンシタラ良カデショウカ」

と私の様子を伝えたのです。それを聞いた表迫先生は、

「アキラニ、スグ学校ニ来ーテ言ウテクレンカ」

と淳に伝言を託したのです。私は先生の言葉を無視するわけにもいかず、渋々、高校に出かけたのです。

表迫先生は、

「アキラ、君ガ大学ニ行キタクナカ、テイウトハ良〜クワカッタ。シカシ、受験料ヲ払ッテルワケダシ、佐賀大学モ受クッダケ受ケテミタラドウカ。合格シテモ大学ニハ行カンデイイカラ」

と言われ、単純な私は、佐賀大学も受けるだけは受けよう、という気持になりました。

　受験の前々日の深夜、珍しく出水に桜島の灰のようなものがポツポツ落ちてくる夜でしたが、私は夜行列車に乗って佐賀へ向かいました。佐賀には試験前日の早朝に着き、私はそのままバスで大学に行き、美術棟、工芸棟の設備を見て、

「俺ノヤリタカコタ、ココデ十分出来ッ！！」

と直感し、

「ドゲンデン（どうしても）、コケ（ここに）、入リタカ！！」

と痛切に思ったのです。私は佐賀大学の施設は高校の美術教室に毛が

37

生えたようなもんだろう、と勝手に決めつけていて、実際に見るまで、施設、設備等については無知だったのです。

　佐賀大学教育学部の特別教科課程（美術・工芸）、通称「特美」は、北海道教育大学、岩手大学、東京学芸大学、京都教育大学、岡山大学、高知大学、佐賀大学の全国7大学に設置された、高校の教員養成を目的とする地域の美術・工芸教育センターでしたから、それに見合った施設、設備、スタッフを備えていたのです。

　いま思えば、高校時代の私は、勉強は後回しにして、絵をかいたり、小説を読んだりする享楽派の「キリギリス」でした。勤勉派の「アリ」になって、もう少し勉強したら、日本育英会の予約奨学生になれて、大学入学後、月8,000円の教育特別奨学金を貰えたはずです。しかし、定期試験ともまともに取り組んで一定の成績を取らなければ予約奨学生にはなれませんでした。将来の見通しもなく、日々、享楽的に過ごしていた私は本当に「間抜けな高校生」でした。

　私の「間抜けな高校生」ぶりをついでにもう一つ書きますと、近視なのに眼鏡をかけるのが嫌で、眼鏡を買うことすらしませんでした。眼鏡をかけるのは"がり勉"みたいだから嫌だ、というのがその理由でした。しかし、眼鏡をかけないため、数学や物理など、先生が黒板にびっしり書く計算式は全然見えませんでした。これは私の成績にかなり影響したと思います。いまどき、こんなアホな高校生はいない、と思いますが、他人から見たらどうでもいいことにこだわって、それが学業の妨げになっている後輩も少しはいるかもしれない、と思いま

すので、もしそういう人がいたらそんな小さいこだわりは捨てなさい、とアドバイスをしたいと思います。

　青年期には、自分の容姿や性格などを悩むのは良くあることです。自分に悩みなどない、という人は、むしろそういう"鈍感さ"を悩むべきです。若い時の悩みは、大人になれば大半は大したことじゃない、と思えるものです。それに、悩みは私たちを真に強くて優しい人間にしてくれるのです。鈍感な人も鈍感のままではいけないのです。

　話を元に戻しますが、当時の国立大学の学費は年1万2,000円、寮費は、三食付きで月2,700円でしたから、出水市の奨学金4,000円、親の仕送り3,000円、アルバイト料3,000〜4,000円があれば何とか最低限の生活はできました。

　さらに「たら」「れば」になりますが、淳の優しさと表迫先生の機転のきいたアドバイスがなかったら、私の人生はまったく別のものになっていたことでしょう。二人は優しさと知恵で、幼稚な私をなだめすかして、うまく軌道に乗せてくれたのです。表迫先生と淳には、今でも深く感謝しています。本人はおろかでも、知恵のある、優しい友人や先生が見るに見かねて、助け舟を出してくれることもあるのです。

　当時は、工学部に進学する人は優等生でしたが、淳は、宮崎大学工学部に入学し、卒業後はサンヨーに就職して、私が子どもの頃から憧れていた「特許」を幾つも取って、数々の家電製品を開発しました。私の方は、紆余曲折を経て、教育の世界で造形教育と幼児教育史の勉強をするようになりました。

## ○もてないのを"貧乏のせい"にしていた"私"

　私は貧農の家に生まれ、貧乏のただ中で育ちましたが、大学生になっても貧乏のままでした。もちろん、貧農の子は学費の安い国立大学でも、学業を続けるのは楽ではありませんでした。幸い、健康には恵まれていましたので、アルバイトは、道路の補修工事、看板取り付け、ピアノ運搬、引っ越しの手伝い、深夜印刷作業、発掘品の図面描き、画塾の手伝い、家庭教師等々何でもやりました。

　私は「女の子を喫茶店に誘うお金さえあれば、俺だってもてるのに」と思っていました。私は、井伏鱒二の山椒魚のように、閉塞空間の中で「ああ」と深いため息をつく可哀そうな学生でした。しかし、たまには焼酎を買って一人でやけ酒を飲んでいましたので、女の子を喫茶店に誘うお金ぐらいはあったのじゃないかと思います。

　たぶん、自分がもてないのを「勇気がないせい」や「容貌が悪いせい」でなく「貧乏のせい」にしたかったのだと思います。聞いたことはありませんが、昔の私を良く知る女性陣は「そんな風だからもてなかったのよ」ときっぱりと言うかと思います。

## 3　大学紛争の挫折と不完全燃焼感

### ○大学紛争の話をするだけで"元過激派"と噂される？

　団塊世代人の大学時代は大学紛争の話を抜きに語ることはできない
でしょう。しかし、ある友人は、大学紛争について少し語ったり、書
いたりするだけで「あの人は元過激派だから」というレッテルを貼ら
れ、「それが君のイメージダウンに利用されることだってあるんだよ」
というアドバイスをくれたことがあります。おそらく、この友人自身
にそうした苦い思い出があったのでしょう。

　教師仲間でも、相手のイメージダウンを意図してわざと不正確な噂
を流すぐらいの教師はいるのです。しかし、あちこちに味方もいます
から、いつも筒抜けでしたが知らないふりをしていました。もちろん、
私は常にどの政党、団体とも関係のない"無党派"です。

　ただ、当時は一般学生が"初期の過激派の運動"に一定の理解を示
し、部分的に活動に参加することはありました。私はいまでも"いい
子ばかり"がいる社会の方が"アブナイ"と思っています。もっとは
っきり言えば、そういう社会の方が国民を阿鼻叫喚の地獄に導きやす
い、と思うのです。若者が爺、婆の"僕"のようになっていると、
突然、"不測の事態"も起こり得るのです。

　私も少しは学生運動に参加しました。しかし、正確に言えば、かな
り中途半端なものでした。それでも、大学2年次の大半は学内紛争や
佐世保のエンプラ闘争に翻弄されることになったのです。

## 〇佐賀大学紛争の発生と経過

　昭和 42 年（1967）6 月 24 日、全国の国立大学に先駆けて佐賀大学で紛争が発生しました。それまで、大学と学寮の間には、長い間、電水料問題と寮の運営を巡って対立があったのですが、大学当局が唐突に筑紫野寮委員の処分を発表したことで紛争に発展することになったのです。処分に対する学生側の驚きと怒りは大きく、「学友を救え」を合言葉に学生の間で急速に連帯の輪が広がっていきました。

　当時、佐賀大学は学生総数 2,000 名に満たない小さな大学（現在は 6,000 名以上）でしたが、6 月 29 日、学生集会が開かれ、圧倒的多数の賛成で無期限ストが採択され、夏休みを含め 116 日間のストライキが続くことになりました。紛争が長引くと、だれも生じ、徐々に戦意を喪失し、戦線から離れていく人も増えてきます。しかし、こうした紛争は、少数になればなるほど先鋭化し、闘争手段もエスカレートしていきますから、複雑な様相を呈してくることになります。

　佐賀大学紛争を鳥瞰することは、私には手に負えませんし、分量も膨大になりますから、ここでは佐賀新聞の記事の見出しを参考に紛争の経過を記し、身辺のエピソードを記述するに留めたいと思います。

### ＜経過＞

**昭和 42 年（1967）※新聞掲載はほぼ翌日付**
- 06 月 24 日　佐大当局、学生を処分　停学 3　訓告 2　（第一次処分）
- 06 月 29 日　佐大紛争、最悪の事態に　無期限スト採択　正門にバリケード　全学集会、全学生 1,973 人中 85％投票　スト賛成 1,223　反対 407　無効 25
- 07 月 13 日　学生、本館を"占拠"　教育学部長ら倒れる

- 07月31日　学長官舎包囲事件、ついに警官隊出動
- 08月01日　佐大紛争で大量処分　退学14　停学10　（第二次処分）
- 08月01日　学生、講堂にろう城
- 08月03日　学生、講堂から自主退去
- 09月18日　佐大、ストを続行　学生集会、僅差で決定　1,500人参加
　　　　　　賛成758　反対684
- 09月18日　一部の学生　ハンスト突入へ（親も同調か）
- 09月25日　学長説明会、学生800人出席、全闘委は試験ボイコットへ
- 10月04日　佐大に再び警察官ついに逮捕者まで　受験率26％（教養部は5％）
- 10月23日　全闘委、ストを解く　116日間のスト終わる
　　　　　　全学学生大会1,000人出席　全闘委スト解除提案　賛成474
　　　　　　反対239　白票26　無効1

昭和43年（1968）
- 01月09日　九大、佐大、長大が佐世保闘争三派全学連の拠点校に
- 01月15日　"三派系"を事前検挙　警視庁　デモの学生131人検挙　凶器準備
　　　　　　集合罪を適用
- 01月19日　原子力空母、佐世保に入港
- 01月20日　学生ついに基地突入
- 01月20日　市民も乱闘に"一役"　"もう黙っておれぬ"
- 01月21日　佐大自治会、三派全学連と合流、佐世保橋で機動隊と激突
- 02月10日　学生部長「監禁事件」　交渉、こう着のまま33時間　学生部長倒れる
　　　　　　警官出動で学生排除
- 03月14日　第三次学生処分発表　退学8　停学6（第三次処分）
- 03月24日　佐大で入試中断騒ぎ　床下二カ所に発煙筒　周辺で角材デモ

## 〇大学紛争で処分された人の声

　停学処分を受け、後に、復学されたＡさんの手紙には「佐大紛争のことは忘れません。ぼくの人生の原点です」と書かれ、「復学することだけは拒絶していたのですが、いろんなことがあって復学しました。ぼくにとってはくつじょくでした」と述べておられます。

　Ａさんは、卒業後、教員になられ、後に、管理職になるよう周りから何度も勧められましたが、復学後、「教師になったとしても、一生担任していこう。決して管理職にだけはなるまい。それが大学を去った

仲間たちへの義理たい」と決意され、それを貫き通されています。

　Bさんは、無期停学処分後、大学の先生から復学するよう説得されますが「大学に戻る気持になれなかった」ということでした。

＜軍艦島（端島炭鉱）　2016・04・01 上陸＞

　数年前貰ったBさんの手紙によると、佐賀を離れて半年間長崎の「軍艦島（端島炭鉱）」（世界遺産）で働かれています。Bさんの先祖は「大隈八太郎（重信）」と遊び仲間だったそうですから、Bさんの「八太郎」の名前は大隈八太郎にちなんだものだろうと思います。

　また、弟さんの子息、小野大輔氏が、日展の洋画部門で特選を受賞されたこと、その後、大輔氏が萩本欽一司会の初代「全国びっくり王」に選ばれたことも手紙に書いてありました。私も同番組の再放送を見ましたが神業のようなチョーク画でした。処分された退学者、無期停学者の大半は大学に戻りませんでした。佐賀大学の「非教育的で異常な大量処分」は大勢の学生に生涯に渡る大きな苦痛を与えたのです。

**全国大学紛争地図/昭和 44 年（1969）**

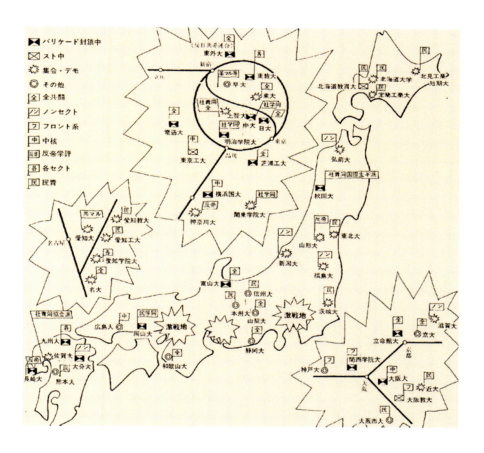

＜「サンデー毎日」(44.4.20)＞

『わが世代　昭和二十二年生まれ』（河出書房新社、1978 年）所収

## ○講堂ろう城 150 人と自主退去

　佐大紛争発生の昭和 42 年（1967）8 月、学生たちは旧制佐高時代の木造講堂の解体撤去に反対し、ろう城を開始しました。講堂解体撤去は紛争中の学生の集会の場を無くすという意図があったことはだれの目にも明らかでした。

　講堂全面にバリケードを築きろう城した学生は 150 名ほどでしたが、なぜか私もその中に交じっていました。当時は無党派の学生でもその程度のことはしたのです。ろう城部隊は機動隊と数台のブルドーザーと対峙し、上空にはヘリコプターが旋回し、スピーカーによる大学側の退去命令と学生側の激しい応酬が続き、現場には緊張感が 漲 っていました。しかし、学生側は最終的には「死者は出せない」と判断し、滂沱の涙を流しながら自主退去をしました。

## ○佐世保のエンプラ闘争と入試の実力阻止方針

　昭和 43 年（1968）1 月、米国の原子力空母エンタープライズ号が佐世保に寄港するという事態が発生し、過激派学生や革新団体が断固反対を表明し、佐世保は国民注視の決戦場となりました。私も 2、3 度、佐世保まで出かけた記憶があります。

　佐賀新聞の記事を見ますと、佐賀大学隊 150 名ほどは岡山大学隊や全国自治会隊と合流し、佐世保橋の橋上で「三派全学連」と行動を共にし、機動隊と激突しています。

### 佐世保橋橋上で戦う佐大生

<三派全学連と共に戦う佐大生たち/佐賀新聞　昭43.01.21>

その後、学内では全闘委が「入試実力阻止」を打ち出しますが、この時期には、関西、関東の大学から数十名単位で過激派各派の応援部隊が結集し、各派がそれぞれの隊旗を翻し、それぞれの色のヘルメットを被って、佐大構内でジグザグデモをするようになりました。私も強行策もやむなしかと思ったりしました。しかし、私は入試実力阻止には反対で、深夜の会議で「受験生を闘争に巻き込むな」と主張しましたが、賛同する者は一人もいませんでした。その頃から私は学生運動に違和感を感じて、しだいに足が遠のくようになりました。

　結局、入試直前に実力阻止は中止されましたが、学内二か所の角材デモによる陽動作戦に機動隊が引っかかっているすきに、一部跳ね上がり分子が設置した、試験場床下二ヶ所の発煙筒に自動点火され、受験場に煙りが充満し、受験生が緊急避難するという騒ぎを起こしています。これは大きなニュースとして全国に報道されました。

## ○それぞれの挫折

　団塊世代の仲間でも、中卒や高卒で社会人となった人の中には、学生運動に対して「親のスネカジリの分際で何をほざいている」と言う人もあったと思います。しかし、いま思えばおかしいくらいに、当時の学生は国家、社会について真剣に考えていたのです。

　一時は、学生運動によって社会の大変革が始まるかもしれない、という雰囲気もありましたが、結局、学生運動は敗北し、真面目に取り組まなかった私のような学生ですら「敗北感」、「無力感」、「虚無感」

を伴う"挫折感"を味わったのですから、勝利を信じて真剣に戦った活動家には大きな"挫折"となったと思われます。

　文部省（文科省）は"物申す"存在だった国立大学学長会議を風下に置くことに成功し、全国の大学生を"抵抗しないおとなしい若者の群れ"とすることに成功したかのように見えますが、むしろ時には旧学長会議や学生の言い分に耳を傾け、事と次第によっては、共同戦線を張るぐらいの戦略もあった方が、同省のためになったのじゃないか、と思うこともあります。

　現在、"丸裸同然"であちこちからボコボコにやられている同省に少々同情的なのは、自分自身、かつて同省の機関の一員だったからかもしれません。それはともかく、中途半端に運動に関わった私などにもそれなりの「敗北感」や「無力感」があったと同時に、116日間のストライキや2年次前期の定期試験全科目ボイコットなどによる学びの「不完全燃焼感」が大きく、そのことが後々まで私が「学び直し」を繰り返す一因となったようにも思います。

## ○学び直し1；修士課程入学と村内哲二先生の予測

　私は、卒業に必要な単位を2単位オーバーしたのみの"離れ技"で辛うじて大学を卒業し、恩師の故・中牟田佳彰先生のお世話で、博多にあった九州女子高校（現・福岡大学附属若葉高校）に就職しました。

　この学校は九州の国公私立の学校の中で、最も給料が高かったので、学校に不満は何もなかったのですが、後にも書きますが、就職してす

ぐ私は「自分の能力の低さ」を痛感することになりました。そのため「このままではダメだ」と思って大学院進学を考えるようになり、東京の二つの大学から願書を取り寄せ、先に入学試験と合格発表のあった東京学大の大学院修士課程に進学することになりました。

　当時は、大学院進学者は非常に少数で、特に教員養成系大学院は全国に２校しかありませんでした。大学院入試は敷居が高く、外国語は二ヶ国語が課されていて、私も英語と仏語を選択しました。

　平成29年（2017）12月に亡くなられた、元文部省初代教科調査官の村内哲二先生は、ある日の授業の中で「10年もすれば君たちも大学の先生になっているだろう」と言われたことがありました。

　しかし、当時、学大は教師養成の中核校ではありましたが、大学教員養成の歴史はなく、美術教育系でも東京芸大や筑波大の勢力が圧倒的でしたから、私たちは「学大の院を出ても大学の先生になれるのは一部の運のいい人だけだろう」というぐらいに思っていました。

　しかし、学大は真面目で勉強熱心な学生の多い大学で、私もそんな雰囲気に影響されて、入学してすぐ山形寛氏の『日本美術教育史』を買って、半年ほどかけて読破しました。小説のように面白い本ではありませんし、大部でもありますから、当時もいまもこの本を読破した美術教育者は何人もいないだろう、と思っています。この本を読破したことは、他の美術教育史の本を飛ばし読みできるようになった、というメリットがありました。彫刻の制作の方もみんな熱心で、私も数だけはこなして、在学中、二紀展彫刻部に入選したりもしました。

大学院の美術の同級生は男子３名、女子１名でしたが、修了と同時に美術教育の女子のＴさんは玉川大学の助手に採用されて、私などは心底「羨ましい」と思いました。しかし、この人は２、３年で助手を辞めたようです。鍛金のＮ君も院の修了と同時に大学並の陣容と設備を持つ玉川大学附属高校教員に採用され、長く同校に勤務し、日展で特選を重ね、会員になっています。絵画のＩ君と彫刻の私は就職がうまくいかず、しばらく苦労する破目になりました。

私は学大附属高校で１年間非常勤講師をし、ボタン工場で原型作りのアルバイトをしました。翌年、東京都の「小学校図工専科・中学校美術共通試験」に合格し、小学校の図工専科教師として２年働き、その後、中学校に移って美術教師を４年やった時点で、村内先生から声がかかり、都内の短大の専任講師となりました。

大学院を修了して７年後のことでした。村内哲二先生は、あだ名がムーミン先生でしたが、困っている学生や、悩んでいる若者に手を差し伸べてくれる心優しい先生でした。

それから10年後、私は佐賀大学助教授に採用され、数年後、教授になりましたが、東京学大附属小の教官になっていたＩ君も少し遅れて国立大学教授に採用され、退職後は二人とも名誉教授となりました。

同期生４人の内一人は大学院修了と同時に私大の助手に採用され、一人は大学並の条件のいい私大の附属高校に勤務し、二人は国立大学の教授になったのですから、村内先生の授業時の予測は結果的にはほぼ当たったと言えるのではないでしょうか。

## 〇学び直し２＜番外編＞；早稲田の杜の恵み

　高校時代、経済的にも学力的にも可能なら早稲田に行きたい、という希望がありました。もちろん、当時、それは経済的に実現の見込みのない「単なる夢」に過ぎませんでした。

　しかし、東京で時間的に融通のきく仕事に就き、自分で学費を払えるようになった時、たまたま通勤途中に早稲田がありましたので、ここで自分に欠けている部分を補おうと思いました。

　30 代半ばになっても、私の中には「不完全燃焼感」が燻っていたのかもしれません。ある夜、いつものように酒を飲みながら、この計画を妻に語ったところ「早稲田で？　勉強？　そんなの全然必要ないじゃない」と言いながら「・・・いつも変だと思っていたけど、とうとうおかしくなったのかしら」と思ったようです。妻の弟は早稲田の法学部出身でしたから、妻も早稲田の雰囲気は知っていたと思いますし、その頃、すでに社会人が大学で学ぶことは珍しくなかったのですが、それが「わが家のこと」となると話は別だったのでしょう。

　私も最初は聴講生として勉強できれば十分と思っていましたので、早稲田の事務局に出かけたところ「あなたが希望される多種多様な科目の受講は試験を受けて入学されると楽にできますよ」と言われて、「なるほどそうか」と思ってそうすることにしたのです。

　受験者は、ほとんど早稲田を卒業した人たちで、応募者 16 人中、政経卒で富士銀行を辞めてきた人、お茶大の新卒の人、中年のおっさん

（私）の３人が合格しました。ただ、お茶大の人は事情があったようで入学しませんでした。試験は英語と小論文と面接だけでしたが、英語は一般受験生と同じ試験場、同じ時間、「同じ試験問題プラス５割増し」で「早稲田は英語を重視してるんだな」と思いました。

　ともかく、私は貧乏少年時代の夢をこんなかたちで実現したのです。しかし、勉強すること自体が目的でしたから、卒業する予定はなかったのですが、何となくやってる内に単位がそろってしまって「卒業」となりました。

　早稲田の勉強は、哲学、近代演劇史、建築史、教育史、教育哲学、比較教育学、教育社会学、英語、ギリシャ文学、縄文文化論（通年）、アメリカの大学教授の英語によるアメリカ文化誌（通年）などを面白く聴きました。

　しかも、あえて自分から言いますが、私の卒論の「豊田芙雄とフレーベル主義保育」は先生方から絶賛され、教育界の大御所の大槻健先生からは「君の卒論を小野 梓 賞に推薦しようと思ったが、君が卒業できるかどうか、はっきりしなかったので見送った。大学院に入って勉強しないか」と言われました。仕事の都合で大学院入学はしませんでしたが、卒論概要は『早稲田大学哲学会紀要』に掲載して貰いました。

　私の卒論は、後に、豊田芙雄のひ孫の高橋清賀子先生と同家文書に出会って研究が進み、日本保育学会保育学文献賞受賞に繋がったのですから、早稲田の杜が私に与えてくれた恵みは大きいものでした。

# Ⅱ　勤務者時代と自立への道

## 1　高校 - 小学校 - 中学校の教職経験

### ○作田操君の就職騒動と"もてない君"の私立女子高採用

　私の場合、紛争の影響もあって佐賀大学も4年で卒業できるかどうか不透明でしたので、就職活動は一切しませんでした。そのため、辛うじて卒業はできましたが、卒業式を迎えても、私の就職先は影も形もありませんでした。

　しかし、卒業式から数日後、中牟田佳彰先生から急な電話があって、博多の私立九州女子高校（現・福岡大学附属若葉高校）に正規採用で行く気はないか、という話が舞い込んできました。もちろん、私は即座にその意志があることを伝えました。

　これは、最初、同級生の作田操君に打診のあった話でしたが、同君は福岡の県立高校の採用試験に合格していて、発令待ちの状態でしたから、九州女子高校の方は辞退し、代わりに、私を中牟田先生に推薦してくれたのです。私は、急きょ、九州女子高校に出かけて、面接を受け、採用決定となりました。これは、学生時代、就職活動を何もしなかった私にとっては、まさに"たなぼた"でした。私の人生は"挫折だらけ"ですが 時に"たなぼた"もあるのです。

　しかし、これには後日談があって、3月末日、作田君には福岡県から「新年の採用なし」の通知が届いて、今度は同君が宙ぶらりんとな

ったのです。福岡県は１年後の採用を約束したようですが、作田君は、期待で胸を膨らませていた状態から、突然、茫然自失の状態に突き落とされたのです。

　しかし、幸い、４月に入って、博多の筑紫女学園高校に欠員が出て、作田君が採用となりました。作田君は、私に少し遅れて博多に出て来て、１ヶ月半ほどは私の下宿に居候（いそうろう）しながらアパート探しをすることになりました。同君とは学生寮で部屋が隣どうしでしたから、お互いに部屋を行き来して芸術や政治や恋愛について語り合い、時には、近隣の店舗から酒と肴を買って来て、二人で飲みながら談論をした仲でしたから、お互いに気を遣うことはありませんでした。

　作田君のことを追記しますと、同君は福岡の京都郡豊津（みやこぐんとよつ）の出身で、家庭的な事情があって、お爺さんと二人で暮らしていたようです。しかも同君は小・中時代には結核で入院し、病院内の学校で教育を受けたという事情もあって、お爺さんは同君を可哀そうに思うあまり溺愛（できあい）していた様子でした。だいぶ後になって本人から聞きましたが、お爺さんの仕送りと教育特別奨学金の収入で、月々、私の２倍以上の生活費があったということでした。ただ、そのことは貧乏で四苦八苦している私にはとても言えなかった、と語りました。

　作田君は、頭脳も風貌も性格もシャープで繊細な男でしたが、私に比べ“お金持ち”でしたから、それなりに女学生にもてました。実際、小学校課程の後輩で背の高い知的で美人のガールフレンドもいました。交際は長続きしませんでしたが、そんなこともあって、私は益々自分

がもてないのは"貧乏のせい"だと思うようになりました。

　話を戻しますと、翌年、同君は福岡県立高校に無事採用されましたが、2、3年すると、公立高校の教員を辞めて、彫刻の勉強をするために、イタリアに行き1年半ほど滞在して、同地で国際的な彫刻家、毛利知徳氏の知己を得て指導を受けています。帰国後は、地元の保育専門学校で働くようになって、今度はかなりの期間勤務しました。しかし、専門学校の短大昇格審査で、本人はパスしたのですが、学校全体の計画が失敗に終わり、そのことで嫌気がさしたようで、40歳を過ぎて専門学校の教師を辞めています。

　彫刻は地方展で受賞を重ね、中央の行動美術展にも出品を続けていましたが、早くから焼物も得意で、退職後は、美術教室や焼物で生活の資を得るようになりました。

　同君が豊津に登り窯を築き、地元の友人、知人を招いて完成祝いをした際には、私も招待されて、東京から参加し、友人代表として挨拶をしました。その後、小倉や博多のデパートで焼物の展示販売会などをするようになりましたが、元々、健康には不安もあったのに無理をしたようで、間もなく病気がちになりました。

　さて、本題に戻りますが、当時の九州女子高校は組合が支配していて、給料は九州内の国公私立の中で一番の高給でした。この時は私は作田君が羨ましがるような収入を得ていました。子どもの頃から、貧乏暮らしが染み付いていた私も、やっと、経済的に自立できたかのように思えたのですが、それは僅か1年で終わりを告げました。

佐賀では"もてない君"の典型だった私もさすがに女子高ではもてました。もちろん、他の若い独身男性教師に比べたら"もて度"は低かったと思いますが、私にも"親衛隊"のようなものができました。もちろん、親衛隊以外でも、私に親しく話しかけてくる女生徒は、いくらでもいました。

＜ハイキングで行った丘の上のフォーク・ダンス＞

　私が1年で学校を辞めるに際し、数人の女生徒が私のところへやって来て「先生がもてたのは女子高だったからですよ。どこでももてると勘違いしちゃダメですよ」とわざわざアドバイスをしてくれました。
　確かに、彼女らが言ったように、私のその後の人生において、あの頃のようにもてることは二度とありませんでした。私は再び"もてない君"に戻ってしまいました。
　九州女子高校に在職中は、収入はいいし、女生徒にはもてるし、そ

の上、大学の先輩で美人のＮ先生が温かく見守ってくださいましたから、学校に対して不満はまったくなかったのですが、先述したように、私は教職に就いてすぐ「自分の教育に関する知識や技能は非常に拙劣だ」と気付きました。当時の私は、大学紛争のせいできちんと勉強しなかったからだろう、と思いました。後になって、そのまま２、３年教師を続けていたら、欠けていた部分も徐々に埋めることができたのかもしれないと思いましたが、若かった私は「自分は勉強をやり直さなければならない」と思い、大学院進学をすることになったのです。

　ところで、作田操君とは、その後も、色々な交流がありましたが、同君は、平成 30 年（2018）１月８日、突然、鬼籍に入りました。もう二度と会えないのだ、と思うと切なくなりますが、いまはただただ冥福を祈るばかりです。

## ○稲城二中１；坂浜の中学生たちと二度の富士登山

　大学院を修了後、１年、学大附属高校で非常勤講師をし、翌年、都下の小学校図工専科教師となりました。これで私も経済的な「自立」を果すことになりました。ここは２年経験して、稲城市立稲城第二中学校に移りました。

　写真のように、二中では坂浜地区の青少年育成団体の要請があって富士山に二度登頂する、という経験もしました。私が富士登山の学校側引率者に選ばれたのは、特に適任だったからではなく、夏休み中の行事でしたので、他の若い先生方は運動部の顧問をしていて、地区大

会の世話で手が離せない、という事情もあったからです。

　もちろん、私も日本で最高峰の富士山には一度は登ってみたい、という気持もありましたので、坂浜地区の少年と保護者たちと一緒に喜んで富士登山をすることになったのです。

＜坂浜地区の人々と富士山山頂で＞

　この中学校は、現在は周辺の丘陵が削り取られ、大きく開発が進んだようですが、当時は、周辺に人家はほとんどなく、多摩丘陵の谷間に「隠れ家」のようにポツンと建てられた、いわば多摩の"丘陵の波間"に浮かぶ"ひょっこりひょうたん島"のような学校でした。

　同校は東京都の"準へき地校"に指定されていました。当時、"準へき地校"では、年に一回、昇給三ヶ月短縮（三短）という制度があって、４年勤務すると他校の教師に比べると１年分給料が高くなるというありがたい"おまけ"までありました。この頃には、都の小学校に勤務する妻とは共働きで、私も経済的にはようやく人並みに完全自立

を果しました。

　私は美術教師をしながら、１年生、２年生、３年生と“奥脇弘久先生チーム”で担任を持ちあがり、卒業生を送り出すと、同じチームのまま再び１年生の担任になりました。しかし、その年度中に短大に採用が決まって、中学校は勤務４年で辞めることになりました。

　曲がりくねった丘陵の坂道を花束を抱いて歩いて去る日、いつまでも１年生たちが泣きながら手を振って別れを惜しんでくれたのを、今でも映画のワンシーンのように記憶しています。同校の生徒は美術展で都知事賞を受賞したり、高校受験で優秀な成績を収めたりしましたが、生活指導面ではさほど大きな問題はありませんでした。

　稲城二中で４年間働いて大学院時の奨学金が全額返還免除となったのも大きな出来事でした。大学院では月 23,000 円（当時、大卒の国家公務員初任給は 40,000 円程度）の奨学金を貰っていたのですが、２年間の合計で 50 万円超となりました。当時としては、けっこう大きな金額でした。感覚的には現在の 200 万円程度かなと思います。

　当時の日本育英会の規則では、大学院時の奨学金は、修了後、小学校教員になった場合は、全額返還しなければなりませんでしたが、中学校以上だと４年間の勤務で全額返還免除となっていました。

　東京の院生協議会では、この不都合を何とか改善して欲しいと、育英会に嘆願書を出したようです。しかし、受付では同情してくれたそうですが、規則がすぐに改正される見込みはないということでした。そういうわけで、私も小学校勤務２年間は「奨学金返還猶予願い」を

出しましたが、中学校で４年間の勤務を終えようとする頃、日本育英会から「奨学金全額返還免除する」というはがきが届いて、ほっとしたことを覚えています。

　東京都の専科教員は、小・中共通でしたから、小学校か中学校のどちらでも選択できたのですが、私は小学校の方が面白い造形教育ができるかな、と考えて小学校を選んだのです。ただ、将来は奨学金の免除職に移ろう、という気持もあったのだと思います。もちろん、免除職に就ける保証はどこにもなかったのですが、この時も「結果オーライ」で救われています。

　若い頃は、ヤケ酒を飲みながら、自分は運が悪い、何もかもうまくいかない、とグチをこぼすこともあったのですが、実際は、しばしば"たなぼた"や"結果オーライ"に救われています。どちらかと言えば"福運に恵まれた人生だった"と言うべきなのかもしれません。

## ○稲城二中　２；卒業生の同窓会

　平成 25 年（2013）９月 14 日、小田急線の新百合ヶ丘駅隣接のモリノホテルで、稲城二中の第６回卒業生の学年同窓会がありました。教え子たちが 50 歳を迎えた、ということでもあり、３年次のクラスの世話人の浅田さんや鈴木君に熱心な声掛けをして貰いましたので、これが最後の機会になるだろう、という思いもあって、老骨に鞭打って九州から上京することにしました。

　自分が教えた中学生たちが 50 歳になった、ということは信じられな

い驚きでしたが、同時に、つくづく"光陰矢のごとし"というのは本当だなと思いました。

　翌年シンポジウムで取り上げる予定の櫻井女学校の後身、女子学院に、私が担任をしたUさんが勤めているのも驚きでした。同日、帰りは、美術部だった旧姓Sさんと新宿まで一緒でさまざまな話題を交わすことができたのもいい思い出になりました。下の写真は世話役の鈴木宗之君が送ってくれたものです。

＜稲城二中第6回卒業生と奥脇弘久先生・宮嶋顕司先生＞

## 2 淑徳短期大学勤務の時代

### ○4大並を勤務条件とした恵まれた短大

　当時、どんなきっかけで短大の先生になれたの？　と聞く団塊世代の友人もいましたが、私の場合は、恩師の村内哲二先生が、私が大学院の修了生で論文らしきものも幾つか書いている、という理由で推薦してくれました。もっと具体的には、都の保母試験委員会で旧知の淑徳短期大学教授から村内先生に造形教育分野で専任講師にふさわしい人があったら紹介して欲しい、という依頼があったのです。

　私が採用された大乗淑徳学園は、短大の他に、幼稚園（2園）、小学校（1校）、中学校（2校）、高校（3校）、専門学校、大学（1校）を擁する総合学園でした。私は淑徳短期大学（現・淑徳大学短期大学部）に、昭和55年（1980）4月、31歳で着任し、10年間勤務しました。

　同短大では社会福祉学科児童福祉コースに所属し、当初の身分は専任講師（非常勤講師と間違う人がありますがこれは常勤です）でした。

　淑徳短大の勤務条件は、4大並を基準に、授業日は週3日以内を原則とし、コマ数は週5コマを超えない、5コマを超えた分は非常勤講師の半額分を手当として払う、ということになっていて、後に勤務した国立大学よりもコマ数が少なく、しかも給与は良かったのです。

　ただ、短大は2年間ですべての単位を取得しなければならない上に、保育所実習や児童福祉施設実習を何回もすることになりますから、学生は多忙でしたが、教員も学生の実習先訪問の割り当てがあって、実

習期間中はけっこう多忙になりました。保育所実習は都内に限られていましたが、短期間に30数ヶ所ほど巡回しますので、かなりタイトなスケジュールになりました。施設実習の方は、実習先が各地に散らばっており、房総半島、伊豆半島、埼玉県の奥地、箱根、上諏訪、大月、静岡、浜松などにも行きました。1日1ヶ所しか行けないところもあって小旅行をするような感じでした。ただ、私は電車に乗るのが好きですから、遠隔地の訪問もそれほど苦痛にはなりませんでした。

　もちろん、短大が忙しいといっても、中学校勤務に比べたら研修、研究の時間はたっぷりありましたし、夏季休暇、春季休暇等も小、中、高に比べたら長かったので、海外旅行なども比較的楽にできました。

　また、学生たちも多忙ながらアルバイトや遊びも上手にこなしていましたし、当時は、未成年の大学生が酒を飲むことも、世間が大目に見ていましたので、学校周辺、池袋、新宿などで"ゼミコン"を開くこともありました。

　たまには、私のゼミの学生と海外美術教育研究セミナーのメンバーとで「合コン」をすることもありましたが、アレキサンダーという"大層な名前のアメリカ人"が加わって、大いに盛り上がったこともありました。

　当時の短大生は、現在と比べると学力も高く、普段の勉強も熱心にやっていた、という印象があります。学生と教師の距離感は年度によって異なりましたが、短大を辞めて30年以上経ったいまも短大の卒業生10名ほどからは毎年年賀状を貰っています。

## ○大学院のテキストになった共著『現代美術教育論』の執筆

　４大並の勤務というのは、待遇面だけでなく、業績面でも４大並ということでしたから、全体に昇格は国立大学より厳しく、特に怠けている人の場合は、いつまでも昇格がないまま放置される、というのも当たり前でした。したがって、短大とはいえ、論文や著書を精力的に書く教員が大半で、４大に転じる人も何人もありました。

　当時、私の論文数は少なかったのですが、共著と共訳とビデオ翻訳などの仕事をしています。短大・大学の教科書なども５、６冊は書きましたが、昭和60年（1985）、執筆者として参加した、宮脇理先生監修の共著『現代美術教育論』（建帛社）は当時の幾つかの大学院でテキストとして使われるものとなりました。

　私はこの本には造形美術教材編成の特質に関わって小論を書いたのですが、後に、若い人々から「あの本で勉強させて頂きました」という声を、何度か聞きました。

　いまでは機会があれば何ヶ所か書き直したい部分もあるのですが、若い人々に一つの刺激を与えることにはなったのかなとは思っています。

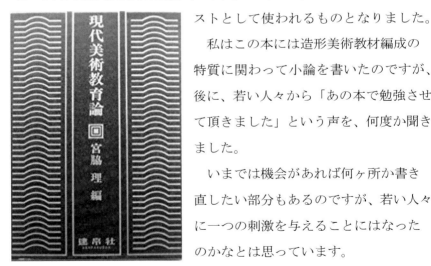

＜現代美術教育論＞

## ○スタンフォード大学E.W.アイスナー教授の著書の共訳

　短大に勤務するようになって間もない頃でしたが、財団法人教育美術振興会の中に「海外美術教育研究セミナー」という自発的な研究会が発足しましたので、私も参加することにしました。

　指導者は教育美術振興会理事長でかつてユネスコ本部に勤務されていた室靖先生でした。メンバーの代表（級長）は、コロンビア大学の留学経験者の仲瀬律久先生（小石川高校－上越教育大学－筑波大学－聖徳学園大学）が務めましたが、私はせいぜい「宴会場手配係」といったところでした。

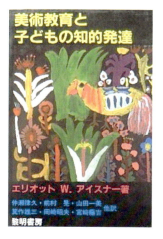

＜共訳した著書＞

　セミナーでは初期には、英国人研究者の論文の翻訳や、アメリカのロックフェラーJr.財団の報告書『Coming to our Senses』の全訳などをし、次いでスタンフォード大学教授E.W.アイスナーの著書『Educating Artistic Vision』の翻訳をすることになりました。かなり苦労しましたが、昭和61年（1986）、出版に至りました。メンバーは10数名いたのですが、欠席者も多く、本の表紙に掲載された人々を中心に仕事が進みました。この本は20世紀の世界的な美術教育の「名著」の翻訳ということになります。E.W.アイスナー（元国際美術教育学会会長）は2、

3回来日し、私も二度ほど会って話をしましたが、平成26年（2014）1月10日、80歳で故人となってしまいました。

## ○大学教員を多数輩出した「海外美術教育研究セミナー」

「海外美術教育研究セミナー」のメンバーは、特定の大学に偏らず、筑波大、東京芸大、東京学大、横浜国大、千葉大、武蔵野美大の卒業生や院生で構成されていました。

そういうメンバーで、分担した訳文を持ち寄って、一言一句みんなでチェックする切磋琢磨の世界でしたから、大変ありがたい勉強の機会になりました。

この研究会は発足以来10年ほど続きましたが、優秀な若者の集合体でしたから、全国の大学の教員として一人去り、二人去るという状況が続きました。しかし、新たに加入する人もあって、最終期でも、月に1、2回、毎回10名弱は集まって勉強会を継続しました。

"級長"の仲瀬先生が上越教育大学に出られると、古参の会員は数えるほどになって、私が1年ほど世話役をしましたが、私も佐賀大学に赴任することになって、その後、人数の集まりが悪くなったようで、間を置かず解散の運びとなりました。

当時から、私たちは冗談半分に、このセミナーのことを美術教育界の"適塾"と呼んでいましたが、ここから全国各地の大学教員として20名前後が巣立っていったのですから"正史"には残らなくても、斯界で相応の歴史的役割を果たしたと言えるのです。

## 〇バブル経済を実体験した団塊世代人

　団塊世代の人々は40歳前後でバブル経済とバブル経済崩壊に直面しています。同世代の友人、知人が具体的にどういう影響を受けたのかについては、個人のお金が絡む問題ですから、詳しく聞くことはしていませんが、当時、株式や住まいの売り買いをした仲間はかなりの影響を受けたものと思われます。

　団塊世代人はその後「失われた20年」、「失われた30年」の中で勤務を続け、結局、バブル崩壊が遠因となって、退職金や年金まで"期待外れ"になったのですから影響は小さくありませんでした。

　私も、退職数年前に国家公務員（準じる者を含む）の給料数％の減額があって、それだけでも退職金減に繋がるのに、国家公務員の退職金450万円削減3ヶ年計画も浮上して、退職金だけでも前年退職者より150万円マイナスとなりました。減給影響分も計算すると300万円減ぐらいだったのではないかなと思います。しかも、給料減額の方は退職後に元に戻されましたから、私たち数年間の退職者だけが"残念"という結果になったのです。

　しかし、「捨てる神あれば拾う神あり」です。私は定年後再就職して正規の身分で働き、失った分以上の収入をゲットしました。この時も"結果オーライ"でした。しぶとい団塊世代の私は「転んでもただでは起きない」ようになっているのです。

　さて、不動産バブルの方は地域差があって、東京、大阪ではバブル

が大きく、その崩壊の打撃も痛烈なものとなりましたが、地方ではバブルが小規模で被害も小さかったようです。ただ、株式投資の方は地方も中央もありませんから共通に大きな打撃を受けたと思います。

　私の周辺でも、ＮＴＴ放出株で儲けた、という人も２、３はいましたが、仲間と株が話題になることはあまりなかったので、友人、知人で株式投資をやっている人は少なかったのかな、と思います。

　子どもの頃、隣の「無職のお兄さん」が連日ラジオにかじりついて“株価放送”を聞いていて「変な人」と思っていましたが、いま思えばあの「お兄さん」は“株の狩人”だったのです。

　私の両親は“投資”とは無縁の人たちでしたが、株や不動産の投資自体に否定的ではありませんでした。母親は「株を持てるようになったら一人前だ」と言っていましたし、何事にも慎重な父親も「株や不動産は“子”を生むからな、その点はいい」と言っていましたので、私も自然と“遊び程度”の投資はするようになったのです。

　株価について言えば、昭和59年（1984）１月、戦後初めて日経平均が10,000円台に乗せ、２年後の昭和61年（1986）１月には、２倍の20,000円を超え、昭和63年（1988）12月に、30,000円台を付け、平成元年（1989）12月29日、戦後最高値の38,915円に達しています。わずか６年足らずで株価は約４倍になっています。

　個別銘柄で言えば、倍にもならないものもあったでしょうが、中には10倍を超えるものも多かったと思います。たとえば100万円投資してあっという間に1,000万円になることもあったのですから、一か八

かの競輪、競馬、宝くじなどに比べたら、株式投資は圧倒的に勝率の高い「利殖法」でした。

当時、タクシーに乗ると「お客さん、株に興味があるかい。俺は見てのとおりただのタクシー運転手だけどさ、株をやっててね、いま総額で3億5,000万円になってるよ。いまなら、そうだなあ、○○なんか買ったら損はしないね。だまされたと思って買ってみな」と"講釈"をしてくれる"タクシー運転手"もいました。口ぶりからして信用取引（いわば証券会社から借金をして株を買う仕組み。儲けも大きいが損も大きい。詳しくは各自でお調べください）をしている様子でしたから、やり方次第ではありますが、この運転手さんはあっという間に文無し、あるいは負債を抱える身となった可能性もあります。

株（現物株）は買うのは簡単ですが売るのは難しいようです。株が騰がると"もっと騰がる"と思って持ち続けますし、突然、暴落して、あっという間に元本割れを起こすと、今度は"その内騰がるに違いない"と思って持ち続けることになります。利益確定のためには"売るという決断"も必要ですが、それがなかなかできないのです。

ご存じのように、その後、株価は暴落を続け、平成21年（2009）3月10日には、バブル崩壊後最安値の7,055円を付け、投資家たちは等しく地獄を見ることになりました。

実は、この時こそ"絶好の買い場だった"と言われますが、こういう時は、テレビも新聞も日本や世界が明日にでも"壊滅するかのような報道"をしますから、ほとんどの人は怖くなって、"株を買うなんて

とんでもない”ということになります。

　株式評論家などの“絶好の買い場”は全部“後出しジャンケン”なのです。株を安い時に買うのは“正解”ですが、株式投資評論家の大半は自ら言うように“投資は下手”です。株式評論家は、一見知的に見えますが、予測のデータが少なくて済む競馬の“予想屋”の方がはるかに的確な予想をしているのではないか、と思うこともあります。株価を左右する条件は無数にありますし、しかも予測不可能な突発的事件で暴落、暴騰もしょっちゅう起こります。株式評論家は“迷える欲深い子羊”に情報（材料）を提供しているだけなのです。彼らの利益の主体は評論文が売れ、本が売れることにあります。いずれにしろ、私たち凡夫が“紀伊国屋文左衛門”になることは至難のわざです。

　不動産に関しては、年齢的に見て、団塊世代の人々も、バブルの前後にマンションや戸建てを買ったり、売ったりした人がかなりいた、と思われます。1980 年代後半には、あれよあれよという間に、不動産が急騰して目を疑った仲間も少なからずいたことでしょう。

　東京地区の不動産に関して言えば、株価に連動するような動きをしていますが、不動産のピークは株価のピークから 1 年ほど遅れたようです。しかし、ピークから不動産価格が急落した状況は株価の場合と似ています。

　バブル発生の背景には「アメリカの貿易赤字の削減—プラザ合意（1985.09.22）—円高ドル安—円高不況—日銀の公定歩合引き下げ—銀行の貸し出し競争」の流れがありましたが、当時、日本には「土地

72

は一度買えば下がることはない」という「土地神話」がありましたから、個人も企業も土地購入に狂奔し、不動産が急騰したのです。また、株式市場の利益が不動産市場に流入し、不動産市場の利益が株式市場に流入するという相乗効果もあって、昭和61年（1986）頃から平成3年（1991）頃までの期間、未曾有の「資産インフレ＝バブル」が発生することになりました。

　バブルの発生を黙認していたかのような政府も、この状況を座視することができなくなって、平成2年（1990）3月、「不動産融資総量規制」という政策を打ち出し、日銀は大幅な公定歩合引き上げに動きましたが、今度はこれが「劇薬」となって、株と不動産は暴落し、銀行の貸し渋り、貸し剥がしが始まって、赤字の土地を抱えた企業や個人は悲鳴を上げ、大型倒産や個人破産も続出することになったのです。

　その後、日本経済は絶不調となり、働き盛りの団塊世代人は勤労者人生の後半を「失われた20年」、「失われた30年」のただ中で過ごし、定年を迎えます。不動産や株が回復のきざしを見せるようになったのはごく最近になってからのことです。

　バブル時代の私の経験は、幸い、動かしたお金が小さかったので、損も小さいもので済みました。私の個人的な経験が他者の参考になるとも思えませんが、バブル時代の一個人の記録としてここに残しておこうと思います。

　私が東京都町田市鶴川6丁目団地の築12年の中古マンションを買ったのは、昭和55年（1980）のことです。50㎡3DKで価格は1,190

万円でした。代表的な「狭い、古い、安い」の三条件がそろったマンション（団地）でしたが、30 代前半の私の預貯金はゼロでしたので、このマンションも義父の遺産相続があってやっと買えたのです。

　ここは買ってすぐ値下がりを始め、数年で 750 万円ほどになりましたので、安くなってから買えば良かった、と思いました。しかし、1980 年代後半になりますと、一転、値上がりを始め、昭和 63 年（1988）には 2,500〜2,750 万円を付け、買値の倍以上になりました。私は安目の 2,300 万円ほどで売り、町田市鶴川 2 丁目団地の 70 ㎡ 3LDK の中古マンションを 4,000 万円ほどで購入しました（ちなみに現在鶴川 6 丁目、2 丁目団地の価格はそれぞれ 500〜700 万円程度、1,000〜1,300 万円程度です。不動産価格の上下は数百万円、数千万円単位になりますから大きいのです）。所有者はＮＨＫのチーフディレクターでしたが、この人は公団の戸建販売に応募し、当時、80 倍とも 100 倍とも言われた抽選に当たった、ということでした。

　この頃、世は不動産バブルの絶頂に向かっていて、私のマンションも 1 年で 700 万円ほど値上がりしましたが、同年中に、私の佐賀大学助教授採用が決まって、この団地も売ることになりました。

　当時、鶴川 2 丁目団地は、地域では人気がありましたので、売りに出した「その日」に買い手が付きました。欲しい物件は、購入を即決めないと他人に持っていかれる、というバブル期特有の心理が働いていたのです。

　ただ、短期で売却益を出した場合は大きく課税するという "転売抑

制”の新しい法律ができていて、私の利益のほとんどは税金と手数料で消え、手元に残ったのは“スズメの涙”ほどでした。

仄聞するところによれば、当時、東京地区の団塊世代の知人の中には、8,000万円とか1億円の住宅の売買をした人もあったようです。私の場合はスケールが小さかったのですが、バブルの頂点でマンション（団地）の売買をするというスリルは味わいました。

幸い、東京に比べると、佐賀のバブルは規模が小さかったようです。当時、町田あたりでは1億円はした「90㎡4LDKの新築マンション」が、佐賀では2,750万円で買えたのです。最初は、その大きな落差に驚きましたし、佐賀はなんて住みやすい町だろうと思いました。

しかし、佐賀大学の給料は淑徳短大よりも安かったし、妻は東京の教員を辞めて佐賀に来ましたので、わが家の収入は6割減の「4割」になって、佐賀の暮らしも楽でないことがすぐにわかりました。

もちろん、佐賀赴任によって、少ないローンで新築マンションが買えましたし、赴任後、それほど間を置かずに、出水の両親が入院し、それぞれ最期を迎えましたので、佐賀に転居していて良かったな、と思いました。この時もまた“結果オーライ”だったのです。

## 3 佐賀大学勤務の時代

## ○研究＞教育＞社会的活動で評価される世界

　ご存じの方も多いと思いますが、短大・大学の教員は、普通、教育と研究と社会的活動によって評価されます。しかし、これら三つが等分に評価されるわけではありません。現実には研究＞教育＞社会的活動の順で評価されているようです。大学でももっと「教育力」を評価すべきだという声もあるのですが、教育力を公正、公平に評価するのは実はそれほど簡単ではないのです。また、メディアに露出度の高い教師が、教育者、研究者としても優秀かどうかも別問題です。いずれにしろ、ここでは"あるべき論"は省略します。

　研究に限って言いますと、論文や著書は准教授や教授それぞれに一定以上の「数」が要求されます。教員の中には「10 年に 1 本の論文でも内容が良ければ駄作 100 本よりいいだろう」と嘯く人もいますが、その 1 本が駄作以下だったりするのだそうです。論文を書かない立派な先生などいまの大学には棲息できないようです。

　大学教員でも芸術やスポーツ系の「実技教員」の場合は、展覧会や競技会の実績が論文、著書と同等に評価されますが、私のように美術でも「理論系」に属する場合はなかなか説明が面倒です。また、最近は芸術やスポーツ系の「実技教員」も院生の論文指導をする関係上、論文、著書の実績も求められることが普通になっています。

　一般に、大学教員の条件は、博士かそれに準ずる者ということにな

りますが、"博士バブル"の状況ですから、博士号があっても大学のポストを得られない、ということもザラにあります。

それに、最近は大学教員の給料や研究費が削減される一方で、業績は強く求められることになっていますから、昔のように優雅な職業とは言えないようです。ただ、勉強（研究）が好きな人にとっては、現在でも"いい職業"だと思います。

## ○ハーバード大学H.ガードナー教授の著書の翻訳

ハーバード大学教授のハワード・ガードナー著『芸術、精神そして頭脳』（黎明書房）の翻訳は、上越教育大学の仲瀬律久先生と森島慧先生が引き受けられた仕事でしたが、翻訳権期限の関係で、急きょ、海外美術教育セミナー仲間の宮崎藤吉先生と私が幾つかの章、節の翻訳応援をすることになって平成3年（1991）に無事出版の運びとなりました。

＜表紙＞

ガードナーは脳生理学者で、美術教育研究者ですが、初期には傷痍軍人の芸術療法の研究に携わっていた人です。

それにしても、英語は高校時代一番の苦手教科だったのに、スタンフォード大学教授や、ハーバード大学教授の本を翻訳したんですから、人生は予測不可能です。だから面白いとも言えるのでしょう。

## 〇文部省（文科省）検定済教科書『中学 美術』の作成

　私は、1990年代末頃からつい最近まで、約20年間、日本文教出版（日文）の文部省（文科省）検定済教科書『中学　美術』の作成に大勢の共著者の一人として関わりました。

＜中学　美術1／中学　美術2・3㊤／中学　美術2・3㊦＞

教科書は国が買い上げるシステムですから驚くほど安価ですが、全国の子どもが対象になりますから教科書によっては相当の数が出ます。日文の中学美術の教科書なども隠れたミリオンセラーです。教科書作成関係者の喜びは、印税の多寡たかなどよりも、造形美術の素晴らしさを全国の子どもたちに届けられるという点にあるのです。

## ○附属小学校の校長

　現在は、国立大学法人の附属学校校園長は、公立学校校長が就任することが多くなりましたが、以前は慣例的に大学教授が併任することになっていました。

　大学によって選考方法は多少異なりましたが、佐賀大学では選考委員会で数名の候補者が選ばれ、学部教授会の投票で１名に絞られ推薦されるというシステムになっていました。

　私も何度か数校の候補者になりましたが、何度目かに附属小学校の最終候補者に選ばれて、60歳前後の折、２年任期の校長併任をすることになりました。勤務は副校長先生はじめ幹部教員諸氏の協力で何とかなりましたが、併任のため大学の授業や会議との“調整”には苦労しました。結局、私に限らず、双方に迷惑をかけてしまうのが、校長併任の悩みでもありました。また、当然のことですが、特に入学試験は一点のミスもないように周到に準備され、厳重な注意を払いながら実施されました。

　校長は“挨拶”する機会が多いのですが、特に、全校児童の前で“話”

をする時は、１年生から６年生までいますので、できるだけわかりやすく、できるだけ短く話すことを心がけました。

　一番緊張したのは、卒業式で卒業生ひとりひとりに卒業証書を手渡す時でしたが、最近の子どもの名前は普通には読めない漢字が使われていますから、担任の力を全面的に借りることになりました。

　附属学校には、九附連、全附連といった大きな横の組織もありますが、実は、九附連の会合で鹿児島大学附属幼稚園園長の西種子田先生と会話をしたことで「豊田芙雄」のひ孫の高橋清賀子先生との出会いが生まれたのです。附属小学校の校長に就任していなかったら、西種子田先生や高橋先生との出会いはなかったし、豊田芙雄に関する共著執筆や日本保育学会保育学文献賞受賞もなかったと思います。附属小の校長経験は、私の人生に決定的な“慶事”をもたらしたのです。

　校長時代、いろんな人との出会いもありました。６年生のＸ君は、初秋、突然、校長室にやって来て「友だちにいじめられました。明日から校長室に登校していいですか」と言って、１ヶ月ばかり校長室に登校したことがありました。同君は１ヶ月ほどで担任と級友たちがクラスにつれ帰り、無事、卒業しましたが、いまでも、時々、彼はどうしてるかな、と思うことがあります。

　また、保護者のＮさんが早稲田出身だったことも嬉しいことでしたし、心強いことでした。図工部の先生方とは、当然、いまも交流がありますが、なぜか図工と関係のないＰさん、Ｑさんとも、時々、３人で会ってお互いに近況報告をすることが続いています。

## ○『豊田芙雄と草創期の幼稚園教育』(建帛社) と学会賞

　豊田芙雄は、幕末、水戸藩に生まれ、長じて高名な幕末の学者、豊田天功の嫡子、小太郎と結婚しますが、開国派の夫は京都で暗殺されます。その後、東京女子師範学校 (現・お茶の水女子大学) の開校と同時に同校教師として抜擢され、同校に附属幼稚園ができると、日本人幼稚園保姆第一号となって兼務し、わが国の幼稚園教育を切り拓いたのです。

　出版の相談をした折、旧知の建帛社の筑紫恒男社長に「美術教育の先生がどうして幼児教育史なんですか?」と聞かれましたが、他にも同じ質問を何人かから受けました。

＜表紙＞

　いまでもそういう疑問を持たれる方もあるようですので、ここに書いておきますが、わが国が最初に導入した幼稚園教育は、ドイツ人のフレーベルが開発した方式で、フレーベル主義保育とか恩物中心主義保育と称されています。恩物中心保育は造形中心保育と言い換えてもいいくらいの内容となっていますので、造形美術教育を専門とする私が「恩物」に興味を持ったのは自然の成り行きでもあったのです。

81

私の研究は、豊田芙雄とその周辺の人々が「恩物中心保育」をどのように受けとめ、どのように定着させていったか、というところまで踏み込むことになりましたが、本人としては造形美術教育研究の“延長線上の仕事”と考えています。

　芙雄に関しては書くべきことがたくさんあって、ここで詳しく述べることはできませんが、少しだけ付記しておきますと、芙雄は、幕末、西郷隆盛をはじめ天下の志士たちが尊崇してやまなかった水戸藩藤田東湖の姪であり、暗殺された夫、小太郎の遺志を継いで教育者の道を歩むことになったのです。

　また、芙雄の実兄で官軍の陸軍少佐だった桑原力（力太郎）は田原坂に近い植木の戦闘で戦死しています。芙雄は文部省の命令で西南戦争直後の鹿児島に長期出張し、わが国二番目の幼稚園（現・鹿児島大学附属幼稚園）を創りますが、皮肉にも実兄を殺した鹿児島の人々の子弟の幼児教育に貢献することになったのです。

　豊田芙雄は鹿児島の人々が忘れてはならない幼児教育界の大功労者です。また、鹿児島は私の郷里であるということも、芙雄に特別な関心を寄せるようになった理由の一つです。

　この本は私を執筆代表者とし、高橋清賀子、野里房代、清水陽子の諸氏と共著のかたちで、平成22年（1910）3月、出版され、翌年、既述のように日本保育学会保育学文献賞の受賞を果たしました。これは同学会の最高の賞ですから受賞は大変晴れがましいことでした。

## 〇佐賀の先生方と作成した『造形遊びの展開』(建帛社)

　平成7年(1995)3月、表紙が印象的な『子どもの創造力が育つ　造形遊びの展開』(建帛社)が発行されました。これは佐賀県内の先生方で作成した造形遊びの実践事例集でしたが、授業実践に活かしやすい内容となっていましたので大変好評だったようです。

　何よりも、筑波大学を定年退職された宮脇理先生が、佐賀大学の大学院設置のためにご赴任の折で、本著の監修をお引き受けくださり、小杉道久先生、山田直行先生、私が編集者を務めました。この企画では県内の造形、図工、美術関係の先生方を糾合し、地域の関係教科・領域の総力をあげて作成することになりました。企画にあたっては、しばしば打ち合わせの機会を持ち、それぞれの分担を明確にしました。実際の編集作業も附属小で顔合わせをし、相互に確認をしながら進めていきました。本が完成した時には、「焼鳥武蔵」で小さな出版記念パーティーをしましたが、佐賀から全国に向けて発信ができたのですから、一同、大きな達成感を味わいました。

＜本の表紙＞

## ○佐大美術館完成；短期間で来館者１万人！

　佐賀大学と佐賀医科大学の統合10周年を記念する事業として、正門付近整備と美術館建設の構想が浮上し、佐賀大学の美術館は、私が定年退職する３ヶ月前の平成25年（2013）１月に着工され、開館式は同年10月１日に挙行されました。私は開館記念特別企画展の『図録』に９頁に渡って美術・工芸教室の変遷の論稿を書かせて貰いました。

　総合大学の美術館設置は異例のことですが、開館１ヶ月半で来館者は１万人、１年で４万人を超えています。ただ、最近の新聞報道によりますと、予算不足で運営には大変な苦労があるようです。

＜佐賀大学美術館＞

　佐賀大学は、平成28年（2016）４月、美術・工芸課程を核に「芸術地域デザイン学部」を新設しましたが、この事業の成否も一定の年数を経て初めて明らかになることでしょう。

## ○名誉教授とは

　退職の翌日、平成 25 年（2013）4 月 1 日の日付で、佐賀大学名誉教授の称号を戴けることになりました。称号授与式は平成 25 年（2013）6 月 7 日に催されました。

　若い頃は、将来、自分が大学の名誉教授になれるなど思いもしませんでしたが、一定期間勤務していますと、関係の規約などを目にする機会もあって、自分も名誉教授になれるのかな、という感触ぐらいは得られるようになります。たまには名誉教授称号の受領を辞退される

井上信宏先生画

方もあるのですが、私などは文字通り"名誉"なことと受け止めて、迷うことなく喜んで拝受することにいたしました。

　左の似顔絵は、私の佐賀大学の退職に際し、二科会デザイン部と"九州漫画集団"に所属されている井上信宏先生が描いてくださった作品で、美術・工芸教室や附属関係の先生方による退職記念の会で頂いたものです。井上先生は、同時期、全国交通安全ポスターコンクールの最高賞、内閣総理大臣賞を受賞された頃で、いろいろな意味で大変いい記念となりました。

　大学教員も普通は退職後は肩書がなくなりますが、名刺や著書の執筆者の肩書として"名誉教授"を使う方は多いようです。最近、井上先生と会う機会がありましたので、先生の似顔絵を名刺に使わせて頂

けるようお願いし、新しい名刺を作成しました。

　時々、「名誉教授に手当はあるんですか」と尋ねる方もありますが、残念ながら手当などはありません。何かあるとすれば、年に2回くらい大学報が届いたり、大きな記念式典や卒業パーティーの案内状が届いたりするぐらいです。

　もちろん、名誉教授の称号は、関係者がわざわざ書類を作成し、教授会等の審議を経て決定されるのですから、深く感謝すべきものでもあります。

# 4 西九州大学勤務の時代

## ○大学教員の再就職をめぐって

　佐賀県内には佐賀大学と西九州大学の2校の4年制大学があります。私は、佐賀大学時代、定年退職後は再就職などは一切しないと公言していました。

　そんな私のところへ、定年半年ほど前、西九州大学の子ども学部長と事務長が訪ねて来られて、大学院修士課程を設置する計画があるので「ぜひ協力して欲しい」という強い要請がありました。

　私は、あれこれ個人的な事情を話して、いったん、ご辞退申し上げたのですが、最終的にはお二人の熱意に負けてお受けすることになり、平成25年（2013）4月1日、同大学教授に就任いたしました。

　永原学園（西九州大学グループ）は家政系の専門学校からスタートし、その後福祉に力を入れるようになり、徐々に短大、大学の学科、学部を拡大していったという点で、私がかつて10年間勤務した東京の大乗淑徳学園（淑徳大学グループ）に瓜二つの学園でした。

　大学の定年退職者の再就職は、名称はどうあれ、実質非常勤職が大半ですが、私の場合は正規教授で採用となりました。

　もちろん、収入は前職時代より大きく減りましたが、4年間、毎月給料と年2回のボーナスを貰えたのですから（当初の3年間は園長の管理職手当もありました）、佐大時代の同時定年退職者からは羨ましがられたりしました。

## ○それぞれの年金事情

　65歳過ぎでも正規雇用者として働けば、長期掛金もあって年金の上乗せも発生するのですが、短期間の勤務ですから微々たるものです。それに、長年働いた人は良く知っていますが、どんな働き方をしても、年金は大きくは増えない仕組みになっているのです。

　真偽のほどは知りませんが、"次官経験者"より"校長経験者"の方が年金が多い、という話などもあって、うっかりすると"次官経験者"に同情し"校長経験者"に冷たい視線を送ることになり兼ねませんが、一定以上の官僚は、定年退職後、"天下り"を繰り返し、退職するごとに巨額の退職金を貰うシステムができています。庶民が官僚を気の毒がることはないのです。官僚は退職後こそ"旨味"があるのです。

　ここでも脱線に次ぐ脱線をしていますが、昔の大学生や大学院生は、年金のことはまったく無知で、大半は学生時代は"年金保険料未納者"（就労者は本人でなく勤務先がやってくれたのです）ですから、私の同業者の国民年金は"奥さん"より低い場合が大半です。

　お金に関しては団塊世代人もさまざまです。わずかな国民年金収入しかないのに、預貯金が少しあるために生活保護が受けられず、生活保護世帯以下の厳しい暮らしをしている人も相当いるそうです。背景には、勤務先の倒産、病気、個人経営の破たん、短時間就労、生活保護に対する理解不足等々それぞれの事情もあるようです。

　しかし、長期間働いた人も年金だけで暮らすのは楽ではありません。

また、大病をしたら経済的に無理だな、という不安も抱えています。
これが団塊世代の年金の現実です。

　ですから、若者も老人も一緒になって、どんな年金制度が望ましい
のか、国家予算の中でどこが削れるのかを含め、いろんな案を考える
べき段階に来ていると思います。

## ○西九州大学附属三光幼稚園園長を兼務

　西九州大学教授の就任と同時に、同大学附属三光幼稚園園長を命じ
られ、3年間兼務することになりました。同園は、園児331名（就任
当時）が在園する、県内最大規模の幼稚園ですが、10数年前、皇太子
殿下同妃殿下が訪問された幼稚園としても知られています。

　私は小・中・高・短大・大学・大学院の教師を経験していますので、
幼稚園園長をすることで、私の教師経験は全ての学校種に渡りました。
私の経歴は非常に珍しいものになった、と思っています。

　園児たちはみんな可愛いいですし、若くて美しい女性の多い職場で
すから、玉手箱を開けて、お爺さんになってしまった"浦島太郎"が
再び竜宮城に戻ったような"感激"がありました。

　しかし、出勤しても園長室で山ほどの書類に印鑑を押すことに追わ
れて、園内の保育状況をゆっくり見て回ることはあまりできませんで
した。園内の保育活動を見ながら自分のライフワークの「豊田芙雄の
保育」に思いを馳せるのは楽しいことでした。

　韓国やアメリカの団体が幼稚園を訪問することなどもありましたが、

何人もの園児がアメリカのお客人に歩み寄って、私よりきれいな発音で挨拶をする場面などを見て、時代が変わったんだなあ、と感心したりしました。西九州大学附属三光幼稚園もまた私に素晴らしい勉強の"時間"と"空間"を与えてくれたのです。

## ○三光幼稚園に「新預かり保育棟」竣工

平成26年（2014）3月、西九州大学附属三光幼稚園に、屋根が緑で壁が茶の新しい保育棟が完成しました。屋根の緑と壁の茶は永原学園のシンボルツリー翌檜（あすなろ）を象徴しています。新棟の計画は以前からあったようですが、たまたま私の園長時代に着工され、竣工となりました。

私も良くわからないまま、着工半年前から、月2回計12回の工程会議に参加し、地鎮祭（じちんさい）では鍬入れ（くわ）や玉串奉奠（たまぐしほうてん）などをしました。新棟は総工費1億5,000万円ほどの事業でした。

＜三光幼稚園：中央3階建ての建物が新保育棟＞

当時、幼稚園は新棟建設と「こども園タイプの選択と準備」で大変な時期でしたが、精力的に仕事をこなす福元副園長と手堅く仕事をする稲佐事務長の力で大きな問題も解決されました。

## ○若楠小学校学校評議員を務める

西九大に赴任後、佐賀市立若楠小学校の中村祐二郎校長より、同校学校評議員の依頼があり、３年間の任期をお引き受けしました。同校は、西九大や三光幼稚園がお世話になっている学校でもあるからです。中村先生は社会科が専門ですが、私が本庄小学校主事を兼務していた時代には、図工部に所属されており、古くからのお付き合いがあります。中村先生は若楠小学校には１年のご勤務で佐賀市教育委員会学校教育課長となられ、その後、再び校長に転出されています。

中村先生は、教育実践家としても、教育行政家としても珍しいほど優れた手腕を持った方です。

## ○拙稿が『なるほど・ザ・鹿児島』の参考文献に

平成25年（2013）８月、「かごしま検定」の最上級者グループによって、冊子『なるほど・ザ・鹿児島』（鹿児島県商工会議所）が発行されましたが、この中に、私が書いた論文「豊田芙雄と草創期の幼稚園教育に関する研究補遺１　保育者古市静子の立ち位置」（佐賀大学文化教育学部紀要所収）が、75項目中の一つ「幼稚園の草分け〜古市静子〜」に参考文献として使われています。

91

なお、古市静子のことは単著『豊田芙雄と同時代の保育者たち』（三恵社）や共著『わくわく探訪　日本の中のドイツ』（三恵社）にも一章を設けています。

　古市は、東京女子師範学校（現・お茶の水女子大学）を病気で退学しますが、退学直後に、種子島の父危篤の知らせを受け取っています。しかし、旅費がなかったため、恩師である森有礼（初代文部大臣・暗殺される）に旅費を出してもらって帰省しますが、父親の死に目にあうことはできませんでした。

　ちょうどその頃、東京女子師範学校の恩師、豊田芙雄が鹿児島に全国二番目の幼稚園を設立するため長期出張していましたので、古市は豊田の助手となり、その後の保育者人生をスタートさせることになりました。これも地味な保育史の論文でしたが、私の郷里、鹿児島の宣伝と紹介を目的とする冊子の参考文献の一つとして、使って貰えたことは大変嬉しいことでした。

## 〇国の重要文化財「大阪市立愛珠幼稚園」を訪問

　私が関係する著書には何度も愛珠幼稚園が登場していますので、他の本にもお目を通してくださっている方々は「またか」と思われるかもしれません。しかし、どの本でも全体の構成上この園を省くことができないことをご了承くださいますようお願いします。

　愛珠幼稚園は、平成25年（2013）末に始まる建物の耐震工事のた

め、近くの小学校に仮移転し、当分の間建物の見学はできなくなる、ということで、その前に「園舎を見、史料を見る会」が催され、平成25年（2013）10月17日、私も同園を訪問することになりました。

　会の名称は記述の便宜上、私が勝手につけたものですが、山口園長をはじめ約10名の少人数の会でした。元々は、豊田芙雄のひ孫である高橋清賀子先生、日本保育学会元副会長の大戸美也子先生が招かれた企画でしたが、元園長の松村紀代子先生から重ねて声をかけて頂きましたので、私も都合をつけて出かけました。愛珠は研究大会などで何度か訪ねていますが、久し振りの訪問になりました。

　大阪市立愛珠幼稚園の建物は、明治34年（1901）3月、現在地移転の際に竣工したもので国の重要文化財の指定を受けています。この幼稚園の設立自体は明治13年（1880）です。愛珠幼稚園は外側から見ると和風の寺院のようですが内部は洋風の建築です。

＜愛珠幼稚園の建物・正面＞

＜愛珠幼稚園の建物・正面と側面　平成 25.10.17＞

　この建物の建築に際しては、当時、豊田芙雄の実弟、桑原 政(ただす)が社長をしていた明治炭坑（本社・大阪）の重役約 10 名の内 2 名が、相談役、建築委員として関わっていますので不思議な「ご縁」を感じます（同社の重役には、安川財閥を形成し、安川電機、ＪＲ九州、黒崎播磨、シキボウ、新日鉄、国立大学法人九州工業大学等の前身を作った、後の安川敬一郎男爵がおり、また、麻生太郎元総理の曽祖父、麻生太吉等がいます）。

　園舎の設計は、東京女子師範学校で豊田芙雄の薫陶を受けた明治 14 年（1881）卒業の主席保姆、伏見柳のアイディアを基に、文部省技師、久留正道(くるまさみち)（工部大学校で桑原政の 1 年下。四高本館、五高本館などを設計）が指導し、大阪府技手、中村竹松が設計したと言われています。久留は、山口半六（明治を代表する建築家。旧兵庫県庁＝現・兵庫公館、第一高等中学校＝後の一高校舎、東京高等師範学校校舎、東京帝

国大学理科大学校舎等を設計）が結核で文部省技師を去るまで山口の下で建築設計に関わっています。

　山口は、文部省退職後、明治27年（1894）、大阪の豊田芙雄の弟の桑原政工業事務所に入り、後、自前の設計事務所を持ちましたが、明治32年（1899）には死去しています。

　桑原政工業事務所の山口の下には設楽貞雄（初代通天閣の設計者。現在の通天閣ではありません）などもいました。明治炭坑の重役二人が、当時一流の建築家を知っていたとも思えませんので、久留の紹介には、工部大学校時の顔見知りだった、豊田芙雄の実弟、桑原政が関係しているのではないかと思っています。

　また、愛珠幼稚園は、明治、大正、昭和の第一級の幼稚園教育資料を豊富に保存していることでも知られています。先年、私が出版した『豊田芙雄と同時代の保育者たち』（三恵社）でも愛珠幼稚園については一章を設けています。

　明治10年代の愛珠幼稚園の「首席保姆」の人事には、東京女子師範学校の幼稚園監事、小西信八や豊田芙雄が直接関わっていたようです。私は、この日、愛珠を訪問したことで、北海道の幼稚園教育の礎を築いた武藤やち本人および函館県庁の関係者の書簡数点を見出したりしました。ちなみに、同園のすぐ隣に幕末、明治の人材を多数輩出した緒方洪庵の「適塾」の跡があります。緒方洪庵はその最晩年には江戸幕府に仕えることになりますが、豊田芙雄の夫、小太郎は弟と一緒に江戸で洪庵に病気の治療を受けています。

## ○文科大臣賞が追加された全国高校生押花コンテスト

　平成25年（2013）10月19日（土）、鳥栖の株式会社クリエイト内にあるワールド・プレスフラワー協会主催の第10回全国高校生押花コンテストの審査をしました（現在、第15回となっています）。

　この審査には松尾英輔先生（九州大学名誉教授・農学）と豊福康生会長（ワールド・プレスフラワー協会・株式会社クリエイト社長）と私（佐賀大学名誉教授・元西九州大学教授・美術教育・幼児教育史）と最近は審査をお休み中の板井修一先生（筑紫女学院大学教授・心理学）が審査に関わっています。

　応募者は主として全国の農業系高校の生徒で、若者らしい押花の可能性に挑戦した作品が多く、さまざまな賞も設けてありますが、この年から文部科学大臣賞も加わることになりました。

## ○九州放送教研有田大会で指導助言講師をして

　平成25年（2013）11月1日（金）、佐賀県放送教育研究会やＮＨＫ佐賀等が主催する九州地方放送教育研究大会で幼児・保育部会の指導助言講師をしました。幼児教育部会会場は認定こども園あかさかルンビニー園（王寺直子園長）でしたが、こども園の先生・幼児と、有田工業高校デザイン科の先生・生徒との合同授業も行われました。私は幼児教育における放送教育について「学び合い」、「創造性」、「地域性」の観点から助言しました。全体では530名の参加者がありました。

## ○「いつやるの？　今でしょ」の全体講師・林修氏

　全体会場の講師は、平成 25 年（2013）度の流行語大賞となった「いつやるの？　今でしょ」の林修氏（東進スクール）でした。私は 1 列目正面の指定席で講演を聴くことになりましたので、帰途、有田駅で林氏とばったり出会った際に、氏の方から会釈されましたので、改めてお礼を言い、少しばかり立ち話をしました。

「学生たちに、君たちはいつ大人になるの？　と言うと、今でしょ、と一斉に答えますよ。先生のお言葉を勝手に使わせてもらっていますが」と言ったら「どうぞ、どうぞ自由に使ってください」ということでした。私が使う「いつやるの？」は、創案者本人の許可済み（?）になります。

　講演について、林氏から「極論だったでしょ？」と尋ねられましたので正直に「面白かったですよ」と答えましたが、講演のおしまいに吉田松陰の言葉を引きながら「どんな若者にも志を持てということだけは伝えたい」と話をまとめられたあたりは流石と思いました。それにしても、同氏は、現在、毎日、テレビで見ない日はないほどにご活躍中です。

## ○森上青水筆「渋うちわ」を入手

　日本画家の森上青水の名前は関西以外ではあまり広くは知られていませんが、青水は幼稚園教育界では有名な錦絵「家鳩の遊戯図」を模

写した作者です。共著『豊田芙雄と草創期の幼稚園教育』（建帛社）の表紙に使っている絵がその「模写絵」です。

　本の表紙裏にも記しているように、元図（錦絵）は大阪市立愛珠幼稚園が保有しています。

　私は、平成25年（2013）10月、愛珠幼稚園を訪問するまで詳しい経緯を知らなかったのですが、この模写絵は、昭和31年（1956）、愛珠幼稚園が同園の元図（錦絵）を、同園出身の日本画家、森上青水に依頼して模写させ、創設以来お世話になっているお茶の水女子大学（旧東京女子師範学校）に贈ったものだそうです。

　青水は同園内の和室で子どもたちを近づけないようにして1か月間かけて模写したとのことです（元園長松村紀代子先生談）。

　青水の作品入手は困難ですが、平成25年（2013）11月、たまたまネット上で、青水の「渋うちわ」（軸物）を見つけましたので、さっそく購入することにしました。破れた渋うちわとつゆ草がさらっと描かれたもので、初秋あたりに、庵の壁に飾ると似つかわしいかな、と思います。

　私にこうした作品の収集癖があるわけではないのですが、自分の研究に関係する人物の"本物"を手元に置いて、歴史を肌身に感じたいという思いはあります。もちろん、安価なものならばです。

　豊田芙雄の短歌の短冊も水戸の「とらや書店」から購入しました。リビングに飾っていますが、見る度に、豊田芙雄ににらまれているようで緊張感があります。

## ○日本保育学会自主シンポジウム2回目と3回目

　平成25年（2013）5月12日（日）、第66回日本保育学会（中村学園大学）で2回目の自主シンポジウム「幼稚園開設時の教育実践にかかわる教育情報の研究（2）─鹿児島女子師範学校附属幼稚園開設と豊田芙雄の教育実践を中心として─」をしました。

　司会は大戸美也子先生（武蔵野大学名誉教授／元お茶の水女子大学）、話題提供者は高橋清賀子先生（豊田芙雄曾孫）、清水陽子先生（西南女学院大学／後、九州産業大学）、前村晃（佐賀大学／後、西九州大学）が務め、船越美穂先生（福岡教育大学）が指定討論者をしました。

　今回、ＮＨＫニュース9の元アンカーで、高橋清賀子先生の親戚で豊田芙雄と一族の田口五郎氏（当時ＮＨＫ福岡放送局長）が個人の立場でシンポジウム会場に来てくれました。私も挨拶をしましたが、同氏はテレビで見る以上に気さくな人でした。このシンポジウムに関しては、保育学界の大御所、津守眞先生が顧問をしておられる愛育養護学校の後援会だよりに紹介してくださっています。

　3回目は、平成26年（2014）5月18日、大阪総合保育大学および大阪城南女子短期大学を会場の日本保育学会において「明治10年代後半の保育者養成の実像と課題を探る」をテーマに実施しました。今回も発案者は大戸美也子先生（武蔵野大学名誉教授／元日本保育学会副会長）でしたが、司会は大戸先生、話題提供者は宮里暁美先生（お茶の水女子大学附属幼稚園副園長／現・お茶の水女子大学教授）、松村紀

代子先生（大阪市立愛珠幼稚園元園長）、前村晃（西九州大学・同附属三光幼稚園園長）の３名で、指定討論者は前村が兼ねました。

　今回はわが国の東西の幼稚園を代表するお茶の水女子大学附属幼稚園副園長の宮里先生と、大阪市立愛珠幼稚園元園長の松村先生が登壇されることで注目を浴び、会場には宍戸健夫先生や湯川嘉津美先生など、保育史研究のそうそうたる方々もお見えでした。

## ○水野谷憲郎氏と佐賀で再会と「保多棟人遺作展」

　学大の院生時代、古美術や彫刻の勉強にいつも示唆を与えてくれた水野谷憲郎氏（元淑徳短期大学・彫刻家）が、海外派遣研修の「同期会」が佐賀であるということで来佐しましたので、平成26年（2014）８月３日（日）、再会しました。水野谷氏とゆっくり語り合えたのは久しぶりのことでした。

　水野谷氏や同氏の親友、故・保多棟人氏（やすだむねと）らと一緒に勉強した日々はもう40年以上も前のことですが、ついこの間のことだったように思われます。

　次の写真は水野谷氏と再会後すぐに催された「保多棟人遺作展」（文芸春秋画廊）の案内状です。写真では色や形がうまく出せませんが、それでも彼の激しい思いが伝わる迫力に満ちた作品であることがわかります。遺作展を見て、棟人氏が本物の作家であったことを改めて痛感しました。

　保多棟人氏の奥様、保多由子先生（声楽家／東京純心女子大学教授）

は高橋清賀子先生の親友ですから、東京の出版記念パーティーの折には、素晴らしい歌声で会場の雰囲気を盛り上げてくださいました。

　棟人氏―水野谷氏―保多由子先生―高橋清賀子先生―私は目に見えない不思議な糸でつながっています。30数年前、棟人氏は南伊豆で遊泳中高波にのまれて亡くなりましたが、私たちの間では彼はいまもしっかりと生きているのです。

＜展覧会案内はがき＞

## ○三光幼稚園で高齢者と七夕交流会

　平成26年（2014）7月4日、三光幼稚園で恒例となっている、園児の祖父母や地域の高齢者と園児との「七夕交流会」が、この年も例年のように催されました。

　この年は、子どもたちと高齢者の交流の様子を、佐賀新聞（平成26.07.05）やテレビ等で報じてくれました。高齢者といっても、私と

＜佐賀新聞の記事＞

同じ年齢の方や、もっと若い方々も含まれているのですが、みなさん若々しく元気で、子どもたちに昔の話をしてくれ、昔の遊びを紹介してくれました。最後に、高齢者の方々から園児たちに「今日は園児のみなさんと楽しく遊ぶことができて、いっぱい元気を貰うことができました」というご挨拶がありました。

　子どもたちの短冊には「お医者さんになれますように」、「サッカー選手になりたい」、「幼稚園の先生になれますように」、「花屋さんになりたい」、「ケーキ屋さんになりたい」といったように将来の職業の夢を書くものもありましたが、中には「ウルトラマンになりたい」とか、「ピカチューになりたい」というような幼児ならではの楽しい短冊などもありました。

## 〇町田の「柿島屋」を家族で再訪

　平成25年（2013）9月、稲城二中の同窓会に際し、40年来、一家でおかみさんと"顔なじみ"の町田の「柿島屋」に立寄りました。この店の馬刺し、桜鍋、肉蕎麦等は酒と実に良く合うのです。わが家の「この一店」は迷うことなく「柿島屋」になります。

桜肉はアメリカでは食べませんが、フランス、イタリア、スイス、オランダ、ベルギー、カナダケベック州等では食べています。

　柿島屋は明治17年（1884）の創業以来134年、まさに"老舗"です。昔、輸出用の生糸は八王子から横浜まで片道5里の道を馬で運びましたが、途中で動けなくなった馬を"日本のシルクロード"の中継点、町田で食べたのが柿島屋の始まりと言われています。

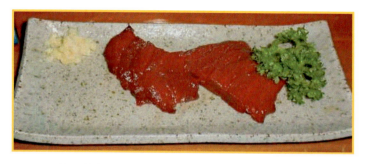

＜鮪の刺身よりおいしいと評判の柿島屋の馬刺し＞

　　＜当日貰った手拭＞　　　＜肉そば；酒の肴にもなる＞

## ○西九大大学院子ども学専攻設置

　西九州大学の子ども学の大学院修士課程設置については、先にも少し触れましたが、予定よりほぼ1年遅れて準備が開始されることになりました。

　大学設置審議会の審査がいろいろと大変であることは、ニュース等によってご存じの方もあるかと思います。西九大の場合は、最も難かしい教員の資格審査は難なくパスしたのですが、設立趣旨や、科目の名称等に種々クレームがついて、何度も何度も書類の書き直しをさせられ、難航に次ぐ難航となりましたが、究極的には大学院の計画全体もパスしました。

　たとえて言えば、9回裏、ツーアウトからホームランで「逆転勝利」したようなものでした。平成27年（2015）4月から無事大学院はスタートとなりました。

　その結果、私も大学院の完成年度まで在職することになって、定年が1年延長となりました。何よりも自分の任務を果たすことができ、みなさんに迷惑をかけることなく済んだことに安堵しました。

## ○国民文化祭押花コンテスト審査員2回（平27&30）

　国民文化祭における押花コンテスト部門は、早くから参加が認められているのですが、平成27年（2015）の鹿児島大会と、平成30年（2018）の大分大会では、私も押花部門の審査員を務めました。

これは全国高校生押花コンテストとは違って、押花作家の作品ですからレベルの高い作品ばかりになります。

　鹿児島の国民文化祭は休日を利用して見に行きましたが、地域の工芸、物産から、美術、文芸、舞踊など盛りだくさんで、まさに「国民の文化祭なんだな」と思いました。

## ○『豊田芙雄と同時代の保育者たち』(三恵社) の出版

　平成27年（2015）11月、単著『豊田芙雄と同時代の保育者たち─近代幼児教育を築いた人々の系譜─』（三恵社／446頁）を出版いたしました。豊田芙雄と周辺の保育者たちのことを記述しています。本書は紀伊国屋書店の教育学分野の基本図書に選定されました。「自費出版物」でも大手の書店が応援してくれることもあるのです。

　また、三恵社では中部経済新聞に書籍広告を載せてくれました。私が関係した出版物もそれなりに数はあるのですが、新聞に書籍公告を掲載してもらったのは初めてのことで、嬉しかったのですが、同時に何となく面映ゆい感じもありました。

＜本の表紙＞

## 〇熊本地震で熊本、阿蘇、大分で甚大な被害

平成28年(2016) 4月14日21時26分、熊本で震度7の激震が発生し、これに続き、翌々日、さらに激しい本震が発生しました。

＜2016.4.16 読売号外,『読売新聞特別縮刷版 熊本地震』2016＞

民家の被害は、親友で熊本大学名誉教授、菅生均先生のお住まいが
ある益城町に集中し、全壊の家、半壊の家などは相当数に上りました。
幸い、菅生先生の住宅は事前に地震対策をされていて被害は軽微です
んだようです。前震で佐賀は震度4でしたが、4月16日午前1時25
分の本震では、益城町で震度7、佐賀市でも震度5強となりました。

　前震でかなり被害の出ていた熊本城は、本震で損壊が進み、見るも
無残な姿となりました。熊本市内でも住宅の全壊、半壊も相当数に上
りました。阿蘇でも、多数の住宅が全壊し、各地で山崩れが発生し、
家々が流され、道路は寸断されました。また、阿蘇大橋が崩落し、阿
蘇神社の楼門（重文）と拝殿が倒壊しました。1か月後、死者49名、
関連死20名、行方不明者1名、負傷者多数と発表されましたが、2年
後、関連死を含め犠牲者267名と報道されています。

＜佐賀市の神社の楼門と石の鳥居の倒壊／佐賀新聞＞

まさに災害大国ニッポンです。政府や自治体は常に災害に対する対策を怠るべきではないのです。しかし、今後も災害がなくなることは絶対にないでしょう。また、自然災害に伴う原発事故などは人災そのものです。しかし、どんなに大きな人災を起こしても責任を取って「腹を切るサムライ」は一人もいません。日本のリーダーはみんな劣化しているのです。災害防止も、災害地復興も、私たちがもっと明確に意思表示をしない限り国はいい方向に動いていかないように思います。

## 〇共著『日本の中のドイツを訪ねて』を出版

平成29年（2017）2月、娘と共著『日本の中のドイツを訪ねて』（三恵社）を出版しました。私がドイツ人フレーベルの恩物保育に関心があり、娘がドイツ文学者クライストに興味があるということから、日本の中のドイツでも探してみようかということになったのです。

しかし、ドイツ絡みの場所があればぶらりと出かけ、ドイツ絡みの人やものがあれば、暇々に、インターネットや図書館で調べるという調子で、体系的、網羅的に調査したわけではありません。

ただ、情報を収集するにつれ、両国

＜本の表紙＞

間の過去および現在の交流の姿をしっかり見つめることが、今後のより良い日独交流に繋がるのだと思いました。また、このことはどの国との交流においても同じと思います。

## ○NHK首都圏ネットワークで豊田芙雄を紹介

平成28年（2016）5月2日夕方、NHK首都圏ネットワークで、「豊田芙雄の紹介」が放送されました。もちろん、九州では見ることができませんでしたが、番組制作にあたっては、NHKから西九州大学に電話があって、一応、私にも挨拶代わりの質問等がありました。

また、現在、茨城県の方では豊田芙雄の映画制作の準備も進んでいて、私も完成するのを待ち望んでいますが、映画制作は大変な準備と費用が必要なようで、完成まではまだまだ時間を要しそうです。

## ○西九州大学最終盤の仕事

  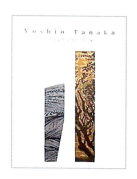

＜共著表紙／日本美術教育学会報／『田中嘉生退任記念作品集』＞

西九州大学在職時代最終盤には、平成 29 年（2017）２月、前頁の共著『日本の中のドイツを訪ねて』を出版し、平成 28 年（2016）９月、共著『アートエデュケーション思考―Dr. 宮脇理先生 88 歳と併走する論考・エッセイ集―』の作成に参加し、同年 10 月、論稿「フレーベル主義保育と造形教育との関わりについて」が『日本美術教育学会報』に掲載され、平成 29 年（2017）３月、『田中嘉生　退任記念作品集』にエッセー「田中嘉生先生のお人柄と作品について」を書かせて貰いました。

　西九州大学在職時代最後の仕事は、親友で、佐賀大学在職時代同僚であった田中嘉生先生の「退任記念作品集」に掲載するエッセーとなったわけで、いい記念となりました。田中先生は日展特選２回受賞をされ、同展審査員を務められた染色作家です。

# 5 勤務者時代と完全退職後の海外旅行

## 〇団塊世代と海外旅行

　海外旅行については、在職者時代と完全退職後の両方にまたがる事柄ですから、他の箇所に書いても良かったのですが、ここに記述することにしました。特に理由があるわけではありません。

　団塊世代の子ども時代は、日本の社会全体が"極貧状態"でしたから、アメリカやイギリスやフランスなどに旅行するということは庶民にとっては高嶺の花でした。

　当時はアメリカの占領下にありましたから、鹿児島の片田舎でも、たまに、進駐軍のジープが田舎の砂利道を疾走しているのを見かけることがありました。

　本当かどうかは不明ですが、地元の中学生が旧日本軍の爆弾を隠し持っていたとかで、進駐軍に捕まった、という噂などもあって、私にとって進駐軍は不気味で恐ろしい存在でした。私の場合、アメリカ兵の車を追いながら「ギブミー、チョコレート」と言ってチョコレートをねだったりしたことは一回もありません。

　しかし、私の小学校中学年の頃でしたが、アメリカに拠点のある農業団体「４Ｈクラブ」の事業の一環で、アメリカの若い女性が、短期間、私の本家にホームステイでやって来たことがあります。

　ちょうどその頃、本家では何か事情があったようで、歓迎会はわが家で開かれました。親戚や関係者 30 名ばかりのミニ・パーティーでし

たが、アメリカ軍の捕虜になってハワイで収容されていたという、近所の"元捕虜のおじさん"もやって来ました。

　本家の娘たちは"元捕虜のおじさん"を通訳にしてアメリカの若い女性に"アメリカの女性は何歳ぐらいで結婚しますか"というような若い娘らしい質問などをしていました。私はといえば、部屋の片隅で小さくなって様子を眺めているばかりでした。ただ、戦後10年も経たない時期に、出水のわが家にアメリカの若い娘が来たことがある、というのは面白いと思います。

　海外旅行に直結する為替は、終戦（敗戦）直後からずっと1ドル360円に固定されていましたが、昭和46年（1971）に308円とされ、2年後の昭和48年（1973）2月に変動相場制になっています。私たちの収入が急速に増え、円高も進行するということで、日本人にとって海外旅行もしだいに身近なものとなっていきました。

　私は、昭和57年（1982）8月、30代半ばで最初の海外旅行をしました。イギリス（ロンドン周辺）とフランス（パリのみ）の家族3人の旅行でした。

　当時、1ドル260円でしたが、翌年、再び家族でアメリカに出かけた際には、1ドル240円ほどになっていましたので"得をした"と喜んだものですが、その後は、すぐに半分の120円ほどになり、一時は80円前後になったりしたのですから、円高の進行は急速でした。平成30年（2018）秋現在、1ドル113円程度ですから、いまも容易に海外旅行に行ける状況は続いています。

団塊世代人の海外旅行経験は人それぞれです。一度も海外に行ったことがないという人もいますし、2、3年に一度は海外に出かけるという人もいます。また、友人、知人の中には世界の秘境にまで出かける人も何人かいます。

　私の場合は、佐賀赴任後、両親が同時入院し、父は途中で亡くなりましたが、母は12年半入院することになりましたので、その間は、仕事以外は海外旅行は控えました。

　そのため、旅行が趣味と言いながら、私の海外旅行の回数はそれほど多くはありません。それでも、イギリス、フランスをはじめ、ドイツ、イタリア、アメリカ（2回）、中国（3回）、韓国（2回）、台湾などへ行く機会はありました。

　私の海外旅行も物見遊山が主目的ですが、人と会う約束をして出かけることもありましたので、部分的に仕事が関わっている旅行もあります。もちろん、旅費は招聘等以外は全部私費です。

　家族旅行は8〜15日間程度のパック旅行が主でしたが、団体行動は初日だけで、できるだけ後は自由というタイプを選びました。幼い子ども連れでは団体行動は無理があったからです。また、年を取ったら、今度は自分が若者主体の団体行動についていくのが"つらい"ということになってしまいました。

　それに加え、この頃は自由行動を自分で計画するのも面倒臭いな、と思うようになりましたので、もうどんなタイプの海外旅行も無理になってしまったかな、という感じもします。

113

若い時の海外旅行は、すっかり日常から解放されて「非日常性」を思う存分味わえるからいいのかな、と思います。つまり、海外旅行は一種の"蒸発"や"夜逃げ"です。もちろん、本物の"蒸発"や"夜逃げ"をしたことは一度もありませんが。

　ただ、楽しい海外旅行も、長い年月が経つと、感動は薄れ、記憶はあいまいになってしまいます。したがいまして、古い海外旅行についてここで詳しく書くことはできません。以下、特に印象に残っていることだけをスナップ写真と短いモノローグ（ひとりごと）で綴ってみようと思います。

## ○初めてのイギリスとフランスの旅

　昭和57年（1982）夏、初めてイギリスとフランスに家族旅行をしました。イギリス訪問の第一の目的は、ロンドンの本屋「ウオーターストーンズ」で美術教育の原書を買うことでした。同書店ではアメリカの主要な本もアメリカと同時に発売されますから、イギリスの本もアメリカの本もここで探せば済んだのです。いまはどんな本でもネットで簡単に買えますが、当時は現地に行くのが一番でした。

　私は30数冊買って、船便で送ってくれるよう依頼しましたが、本の数が多かったので店員も"びっくり"していました。私の交渉で、ロンドンから町田市鶴川の自宅まで船便がきちんと届くかどうか、不安もありましたが、さすがロンドンの書店です。3ヶ月ほどで数個の段ボール箱に入った本が無事町田市鶴川に届きました。

イギリスでは、ロンドンだけでなく、オックスフォードや、学生時代に読んだ『カンタベリー物語』の故地カンタベリーに列車で行きました。中世、魔女と疑われた女性を逆さ吊りにして、30分だか3時間だか水に沈めて死んだら魔女とした、という川の淵も見ました。死ぬのが人間で、生きているのが魔女じゃないのか、と思いましたが。

　当時、日本人には人気がなかったのか、この町では日本人を見かけませんでした。カンタベリーのカテドラルは工事中ながら堂内に入れて豪華絢爛たるステンドグラスを見ました。

　フランスは、行ったのはパリだけでしたが、"おフランス"とか"花の町パリ"と言えば、上品で華麗なイメージがありますが、ルーブル美術館の入口に並んでいると、"かっぱらい"や"ひったくり"を専門とする6、7人の"不良少年グループ"がたかってきて、特に"人の良さそうな日本人女性"を標的にしていました。彼らは、集団でまとわりついて、最初は金品をねだる素振りをしますが、すぐに目の前でバッグの中に手を突っ込んで、財布や金目のものを探したり、時にはバックごと奪って一目散に逃げるのです。

　私自身、そういう場面を何度も目撃しましたが、特に警察が取り締まっている様子もなく、盗る方も悪いが"盗られる方も悪い"と思っているかのように見えました。

　こういう時は、日本人女性も"おしとやかさ"などかなぐり捨てて、夜叉のような顔をして「このクソ野郎！　とっとと失せろっ！！」と絶叫しないといけないのです。

「たいしたお金は入ってないからいいわ」というのは、かっぱらいやひったくりを容認することになりますし、後続の日本人観光客の迷惑にもなります。ここは心を鬼にして、日本人女性も怒ると怖い、という演技が必要なのです。相手が刃物や銃を持っていそうな場合はそうもいかないでしょうが。ともかく、海外旅行は楽しい反面、いやなこともありますし、危険がいっぱいです。

　パリでは、ルーブルの他、ノートルダム大寺院を見たり、エッフェル塔に登ったりしました。また、凱旋門を見たり、シャンゼリゼを歩いたり、カフェに立ち寄って"小山のような？　ケーキ"を食べたりしました。私の場合、モンマルトルのブルーデル美術館が静かで格調が高くて一番気に入りました。

＜パンダとツーショット／ロンドン動物園／1982 夏＞

＜ロンドンのリージェント通り／1982 夏＞

＜カンタベリーの町／遠くにカテドラルを望む／1982 夏＞

＜ブールデル美術館／1982 夏＞

＜ノートルダム大寺院／1982 夏＞

旅行の最後に、5歳児の娘に「今度の旅行で何が一番良かった？」と聞いたところ「うーん、スーパーかな」という答えでしたので、がっかりした私は「動物園は？」と聞いたのですが「あ、動物園も」という答えを得ました。さらに"森の石松"並に「エッフェル塔はどうだった？」という"誘導尋問"をして「エッフェル塔も良かった」という答えを引き出しました。

## ○サンフランシスコとロサンゼルスの旅

　昭和58年（1983）夏、家族でサンフランシスコとロサンゼルスに行きました。シスコではサンフランスシスコ州立大学教授ダッブス氏（後のカルフォルニア州ユダヤ人協会幹部）に会って、同氏の編集した著書はじめ当時話題の数冊の本を貰ったりしました。

　UCLAバークレー校やゴールデンゲート幼稚園を訪ねたり、カポネも収容されていたというアルカトラス島（獄門の島）も訪ねてみました。

　ロス近郊のディズニーランドにも行きました。まだ、浦安のディズニーランドがない時代です。ロスでも一通り観光スポット巡りもしました。日本の「子どもの城」に比べたら規模はうんと小さかったのですが、子ども相手の児童館のような施設も訪問しました。

　日本では非常に原始的なワープロが出回っていた時代でしたが、ここでは子どもが使えるように、数台のパソコンも置いてあって感心しました。

＜サンフランシスコ州立大学教授ダッブス氏と＞

＜ディズニーランド／1983 夏＞

<パレード／1983 夏>

<パレード；楽しい音楽と行進／1983 夏>

## ○ニューヨーク・ワシントン・テキサス等を巡る旅

　昭和60年(1985)夏、二回目のアメリカ家族旅行は、ニューヨーク、ワシントン、テキサス訪問をメインとしましたが、帰途、ロサンゼルス、ハワイなどにも立ち寄りました。

　世界の重大ニュースの発信源であるニューヨークやワシントンも一度は見ておきたい、という気持があっての旅でしたが、妻の妹夫婦が住むテキサスを訪問する、という計画もありました。

　ニューヨークでは危険な臭いのする都心部を垣間見たり、国連本部を訪ねたり、子どもの頃から名前だけは知っていた「エンパイアステートビル」の上階まで登りました。

　ワシントンは、政治の中心地ですが、ここでは飛行機やロケットの博物館、美術館、ＶＯＡ（やさしい英語で世界にニュースを発信している短波ラジオ放送局）などを訪問しました。

　テキサスでは、ジェームズ・シンプソン（ジムさん）一家と毒ヘビが棲むという湖で泳いだり、ジムさんが勤務する基地で"砂漠戦の訓練"をしているという無数の戦車も見ましたし、車庫で子どもたちがサソリを見つけて大騒ぎしたこともありました。まさに異国ならではの体験でした。基地の"砂漠戦の訓練"ですが、数年後、第一次イラク戦争にはジムさんも戦車隊で派遣されましたが、無事帰国し、その後退役しました。イラク戦争には種々意見があるでしょうが、アメリカが相当シビアな目で世界を見ていることだけは理解できました。

裕子さんは、ずっとアメリカの学校で教師をしていますが、最近は特別支援学級を担当しているようで、本年、年間最優秀教員賞を受賞したことが同地の新聞に掲載されました。

＜エンパイアステートビルから見たニューヨーク／1985 夏＞

＜左・ホワイトハウス／右・デビュッフェの絵の前で／1985 夏＞

<ハワイ／1985 夏>

## 〇中国の旅（3回）

　中国には3回行っています。1回目は、平成4年（1992）9月末から10月上旬、佐賀大学の美術・工芸教室と北京首都師範大学の美術科との学術交流協定締結の準備交渉をする目的で出かけました。留学生の王国偉君が案内役で、同僚数名と学生数名で、北京、西安、上海等を訪ねることになりました。

　西安では足を延ばして、秦の始皇帝陵墓にも登りましたし、陵墓の近くでは発掘中の巨大な兵馬俑坑に圧倒されました。また、西安郊外で洞穴（ほらあな）に住む人々の村も訪問しました。この村では、私たちが珍しいらしく、私たちの後を10人ばかりの村の子どもがぞろぞろとついてきました。子どもたちは鉛筆1本貰うだけで飛び上がるほど喜びました。

　私たちが訪ねたある家（洞窟）では、片方が割れた眼鏡をかけた老

人が、都会の喧騒は嫌いだ、ここは静かでいい。この家（洞穴）は夏は涼しいし、冬は温かい。ここで暮らすのが一番だ、と胸を張って語りました。しかし、洞穴の入り口付近で母親と若い娘が少量の綿の実をむいていましたが、水浴もあまりできないようで結婚前の若い娘の腕、手は垢で真っ黒でした。私はそれを見て複雑な思いがしました。

　北京では、首都師範大学の先生諸氏や、人民日報の画家と宴をしたり、紫禁城では王君の友人の学芸員に案内をして貰いました。

　２回目は、平成５年（1993）８月、一家３人だけで成立したパック旅行で、８日間、「通訳」と「運転手」と「豪華食事」付きの"大名旅行"をしました。行き先は北京、杭州、蘇州、上海です。

　北京では故宮博物院を訪問し、京劇を見ましたが、高級ホテルの特別料理ではサソリ（無毒）の唐揚げが出ました（後に写真）。現地の人が行く普通の食堂にも家族で行ってみました。メニューの写真を見て、指差しで注文するため、現地の人々の好奇の目を集めてしまいました。当時の日本円500円くらいで、家族３人で食べきれないほどの料理が出ました。

　杭州では西湖で遊覧船に乗り、蘇州では寒山と拾得で有名な寒山寺に行き、性空老師が目の前で書いてくれた「書」を購入しました。蘇州では有名な水郷も見ましたが、水質汚染が進んでいて、早急に手を打つべきだ、と思いました。

　中国でもごく限られた地域で"龍井茶"という緑茶が生産されていますが、個人的に興味がありましたので、現地まで足を延ばしてみま

した。かなり鄙びたところでしたが、昔の日本を見るような懐かしい風景が広がっていました。上海では「外灘（上海租界）」と呼ばれる、外圧で開かれた旧租界地区を訪ねました。ここはまさに上海の中の"外国"です。いまは上海を代表する観光スポットの一つでもあります。

3回目の中国行きは、平成13年（2001）12月、約1週間、北京の首都師範大学の招聘によるものでした。協定に従って、関西国際空港—北京空港間の往復旅費は自費でしたが、中国内の旅費、食費、宿泊費等はすべて中国側の負担でした。

昼間は、学生相手の講演、先生方との協議等をしましたが、毎晩、小、中、大の宴会がありました。もちろん、ゲストの特別歓迎会ということですから、元学長はじめ諸先生方が出席されました。

世界遺産の大同とその周辺の調査研究旅行は、世界的な岩画の研究者、李福順先生と、先生の院生とで出かけました。現地は、朝、零下15度ということでしたが、夕方はもっと寒かったように思います。北京では、美術史担当の早稲田出身の欧先生が通訳をしてくれましたが、欧先生は唐時代の三大書家の一人、欧陽詢の直系の子孫です。

私の学生時代は、中国は毛沢東、周恩来が指導するガチガチの共産主義国家でした。しかも、文化大革命で紅衛兵が暴れ回って、国中が混沌としていて、まだ日本とは国交がありませんでした。そんな中国の大学から"自分が招聘される日が来る"など、若い頃には想像だにできない"夢みたいな話"でした。時代は大きく変わったのです。

<外灘(がいたん)(上海租界)／1995 夏>

<水質汚染の進んだ水郷／1995>

＜龍井茶／1995 夏＞

＜寒山寺／1995 夏＞　　　　　　＜性空老師の書／1995 夏＞

＜首都師範大学前学長（前列中央右）と教官諸氏／2001 冬＞

＜李先生と行った世界遺産の大同石仏／2001 冬＞

## 〇ドイツ・オーストリアの旅

　平成6年（1996）8月、家族3人でドイツ、オーストリアの旅に出かけました。大学都市ハイデルベルグでは、ゲーテやヘーゲルが歩いたという「哲学の道」から町を眺めました。

　この旅では何といってもロマンチック街道の中世風の町々が魅力的でした。ウィーンでは、ブリューゲルの絵画を堪能しましたし、ボッシュが恐るべき"天才"であることを再確認しました。ザルツブルグではモーツアルトの生家を見、「サウンド・オブ・ミュージック」のゆかりの地を訪ねました。ミュンヘンのホーフブロイハウスではビールを飲みました。ともかく、味わい深い旅になりました。

＜ハイデルベルグとネッカー川／1996夏＞

<バートヴィンプフェン／1996 夏>

<バートヴィンプフェン／1996 夏>

## ○韓国の旅（2回）

　平成8年（1998）2月、学生引率の下見を兼ねて妻と釜山、慶州に出かけ、同年3月、総合文化課程造形文化コース（担当学生8名）の研修旅行では釜山、慶州、太田、ソウルを巡りました。

　釜山に着くと、町中、ハングルだらけで"外国"を感じました。同時に、釜山の梵魚寺（もっぽじ）や慶州の仏国寺などには奈良と近いものがあって、親近感を覚えました。ソウルは大都会ですが伝統文化も誇る町でした。博物館で、フィレンツェのダビデ像が肩に持つものと同じ、日本を含め世界共通の投石具を見た時は感動しました。渡辺かの子君が、ソウル繁華街の裏通りに見つけた酒店では、経営者で詩人の仁さん（前列中央）と意気投合し、みんなで楽しく飲みました。

＜仁さんと学生たち／1998 春＞

＜仏国寺／1998 春＞

＜仏国寺／1998 春＞

## ○初めてのイタリア旅行

　昔、イタリア・ルネッサンス美術ビデオ 20 巻（ＢＢＣ制作）を翻訳しました。しかし、イタリアに行ったことはなくまさに「講釈師、見てきたような嘘を言い」と同類でした。平成 25 年年末から翌年年始にかけて初めて同国に出かけました。ナポリ、ローマ、フィレンチェ、ピサ、ベニス、ミラノなど定番のコースでしたが、一家３人のいい旅になりました。ミケランジェロの「ピエタ像」や「聖母子像」、ボッティチェリの「花」や「ヴィーナスの誕生」、ダ・ヴィンチの「受胎告知」や「最後の晩餐」等の不朽の名作も見ました。やはりローマの巨大な遺跡群には圧倒されました。何しろ日本は弥生時代のことですから。

　イタリア旅行は、ついこの前のことですから記憶も新しくてスナップ写真も多く掲載しました。

＜カプリ島／2013 末 - 2014 初＞

<ヴァチカン；サンピエトロ大寺院内部／2013 末 - 2014 初>

<ローマ1・コロッセウム／2013 末 - 2014 初>

＜ローマ２；スペイン広場／2013 末 - 2014 初＞

＜フィレンチェ・ヴェッキオ橋／2013 末 - 2014 初＞

＜ベニス１；風景／2013 末 - 2014 初＞

＜ベニス２；ゴンドラ／2013 末 - 2014 初＞

＊＊＊　イタリア旅行スナップ写真　＊＊＊

＜ナポリ街角：庶民の住む建物です／2013 末 - 2014 初＞

＜左・面白いローマの笠松　／右・ピサの斜塔／2013 末 - 2014 初＞

## ◯台湾の宜蘭(イーラン)へ桜川以智の足跡を訪ねて

　平成28年(2016)9月、家族3人で初めての台湾に行きました。台北の故宮博物院なども訪ねましたが、旅行の第一の目的は豊田芙雄の教え子、桜川以智が宜蘭で開いた幼稚園の元園児、李英茂先生(元教員・歌人)にお会いし、直接お話を伺うことでした。
　李先生はご高齢ながら矍鑠としておられて、宜蘭設治記念館(旧宜蘭庁長官官舎)でボランティア・ガイドをしておられます。宜蘭では、李先生から貴重なお話を賜り、珍しい資料を頂きました。また、幼稚園跡と西郷隆盛の長子で宜蘭庁長官、西郷菊次郎の記念碑の案内もして頂きました。宜蘭幼稚園、香蘭幼稚園の詳細については、共著『わくわく探訪　日本の中のドイツ』に項を設けて記述しています。

＜宜蘭設治記念館(旧宜蘭庁長官官舎)／2016.9.3＞

＜李英茂先生と宜蘭設置記念館で／2016 秋＞

＜宜蘭川堤の西郷菊次郎記念碑／2016 秋＞

## ○旅行付録＜内外の珍味＞ザザムシ・サソリ・ラクダ

　私にはゲテモノ趣味はありませんが、国内や海外の旅行をしていると、その土地の珍味が出ることがあります。食べるのを拒否すれば現地の人に失礼になりますからできるだけ味見はします。

　日本ではザザムシやイナゴの佃煮（つくだに）（写真）なども珍味の部類でしょうが、これらは酒の肴やご飯のおかずとしてけっこういけます。昔は山梨県や長野県だけでなく、九州の山地でも貴重なタンパク源として食べていたようです。「大信州」という酒場で、セミの唐揚げを食べましたが、クシャクシャした歯応えだけが記憶にあります。

＜左・ザザムシと右・イナゴの佃煮＞

＜サソリの唐揚げ＞

　中国では無毒の食用サソリを養殖していますが、家族旅行で行った時、北京の高級レストランで小さいサソリの唐揚げが出てきました。

恐る恐る3、4匹食べましたが、沢ガニの唐揚げに似ていて、サソリの足先が、時々、舌をちくりと刺しました。

　また、北京の首都師範大学に招聘された際には、わざわざラクダの足の裏の"肉球スープ"をご馳走になりました。肉は白いゼラチン状でコラーゲンたっぷりという感じでした。これは楊貴妃が好んだ宮廷料理とのことでした。特別なおもてなしに感謝しましたが、残念ながら、味についてはこれといった記憶がありません。

# Ⅲ　完全退職者と終活の日々

## 1　研究と研修に定年はない

### ○二度目の定年退職直後の悲哀感

　平成 25 年（2013）3 月、佐賀大学の定年退職の際は、4 月から引き続き西九州大学に勤務することになっていましたので、寂寥感とか悲哀感などはありませんでした。しかし、平成 29 年（2017）3 月、4 年間勤務した西九州大学で人生二度目の定年退職を迎えた際には、いよいよ生涯の勤労者暮らしに終止符を打つんだなあ、という感慨も湧いてきました。また、退職と同時に、電話、メール、郵便等がパタッと止んで、「現職者」と「無職者」はこんなに違うのかとがく然とし、空虚感や悲哀感のようなものも感じました。

　私は「自由人」になるのが長年の夢でしたから、二度目の定年退職後の非常勤講師の口や、諸団体の役職などはお断りしました。そのため、種々の連絡がパタッと来なくなるのも当然のことでしたが、そうなればなったで「寂しい」とか「世間に見捨てられた」と言うのですからわれながら勝手なもんだと思います。

　しかし、幸い、そんな思いがしたのはほんの一瞬のことで、すぐに「好きなことを好きなようにやれるのはさいこう」と思うようになりました。それに、自由人の生活も始動すると、けっこう多忙で「悲しい」とか「寂しい」と言っている暇などないのです。

143

## 〇ノーベル賞受賞者、大村智先生とのスリーショット

　北里大学特別栄誉教授の大村 智(おおむらさとし)先生は、平成27年（2015）、ノーベル生理学・医学賞を受賞された方ですが、先生が創られた薬で年間2、3億人のアフリカの人々が救われているそうです。

　普通なら大村先生に会える機会があるはずもないのですが、実は、美術に造詣(ぞうけい)の深い大村智先生が理事長の"青木繁「海の幸」会"に、同会理事で親友の吉武研司君（女子美術大学教授）の誘いで、私も早くから入会していたのです。同会は、平成30年（2018）2月22日、「快燦式（海燦式）」を迎えましたが、同日、先生の受賞内容のご講演後、吉武君の紹介で大村先生にご挨拶し、名刺と色紙（印刷）を頂き、スリーショットに納まりました。色紙の「至誠惻怛(しせいそくだつ)」は備中(びっちゅう)松山藩の山田方谷(やまだほうこく)が長岡藩の河井継之助(かわいつぎのすけ)に贈った王陽明(おうようめい)の言葉です。

　＜同日貰った先生の色紙＞　　＜中央・大村智先生／右・南里信之氏＞

144

## ○共著『わくわく探訪　日本の中のドイツ』(三恵社)を出版

　平成29年(2017)2月、娘と『日本の中のドイツを訪ねて』(三恵社)を出版しました。しかし、書き残し等も多々ありましたので、翌年5月、写真のような姉妹編『わくわく探訪　日本の中のドイツ』(三恵社)を出版しました。主旨、体裁等は前著とほぼ同じですが、今回も話題は幅広く、ドイツビール、ハム・ソーセージ、ドイツレストラン、建築、医学、保育、唱歌、文学、美術等々を扱っています。

　高齢者も時間をかければ、若い頃と同じように、心を弾ませながら調査をしたり、執筆をしたりすることができるのです。なお、ドイツ大使館から丁重な礼状を頂き、佐賀新聞は平成30年(2018)7月27日付で出版に関する丁寧な紹介記事を書いてくれました。

＜表紙＞

＜佐賀新聞の記事＞

## ○「お月様偉いな」を歌える友人

　外園美樹（旧姓平尾）さんは、私の中学、高校の同期生で、いつも私の本を読んでくれる友人の一人です。今回も、念入りに読んでくれて、前頁の本で台湾の李英茂先生が紹介された唱歌の中に「お月様偉いな」を見つけて「吃驚した！」と知らせてくれました。

　この歌は子どもの頃、大好きだったおばあさんが、いつも月を眺めながら歌ってくれ、自分も歌えるようになった懐かしい歌だというのです。外園さんからは、おばあさんのことを色々と思い出すきっかけを与えてくれてありがとう、という言葉まで頂きました。

　それにしても、李先生が紹介してくださった「お月様偉いな」を、団塊世代の友人、外園さんが歌えるというのは驚きです。もちろん、この曲は、幼い頃から歌とバレエが大好きだった美樹さんに、おばあさんが伝えて、思い出と共に美樹さんに受け継がれたのです。

　李先生は、今回、新しく送ってくださった資料の中で、台湾の母の日、先生が作られた「お母さんありがとう」を合唱し終わった"おばあさん団員"が感極まって、突然「お母さーん！」と大きな声で叫び、満場の涙をさそった、ということを紹介されています。文章には続けて「歌は思い出・歌は感動！たとへ喜怒哀楽は様々なれど歌は私達の心に生き続けています」と書いておられます。

　李先生と美樹さんの歌に対する深い"思い"には、海を越え、時代を越えて共通するものがあるのです。

146

## ○山梨県立図書館が「旧著」を維新 150 年関係図書に選定

　ここ 1、2 年、各地で明治維新 150 年を記念するイベントが目白押しですが、山梨県立図書館（阿刀田高館長）では、平成 29 年（2017）12 月 1 日から平成 30 年（2018）1 月 26 日まで、同館蔵書中から明治維新 150 年関係の図書 121 冊を選定し、紹介しましたが、共著『豊田芙雄と草創期の幼稚園教育』(建帛社)もその一冊に選んでくれました。

　平成 30 年（2018）、大好評のＮＨＫ大河ドラマの原作、林真理子氏の『西郷どん』などと一緒に選ばれたのですから、ありがたいことでした。いずれにしろ、世の中、地味で目立たない仕事でも、きちんと見てくれる人がいるんだ、と思うと励みになりますし、新しい意欲も湧いてくるものです。

## ○老人は 熟 成人で古酒

　私は老人を勝手に「熟 成人」と呼んでいます。老人のことを他人が「熟年」と言おうと「高齢者」と言おうと構わないのですが、私は老人は「熟成した人・熟成した人になりたい人」であると思っていますので「熟 成人」という言葉を使うのです。もちろん、最近は老人でも、ゆすり、たかり、脅し、詐欺、暴力、殺人などの犯罪を犯す人も少なからずいますから、熟成に失敗した人々がいることも良く知っています。熟成には熟成の条件も必要なのです。

　沖縄の泡盛にたとえますと、製造後間もないものは「まだ、若い」

と言って低い評価しか与えませんが、直射日光の当たらない涼しい場所で長年保存し、まろやかで深い味に仕上がったものは「古酒」と呼んで珍重しています。私もこれに倣って味のある老人を古酒のような「熟成人」と呼ぼうと決めているのです。老人が目指すべきは熟成した古酒なのです。

## ○生活防衛と認知症予防の投資

現役時代は、気にしなかったのですが、無職になった途端に税金と税金もどき（健康保険料や介護保険料等）が異様に高いな、と思うようになりました。もちろん、退職1年目は、前年所得に住民税が課されることなどは知っていました。しかし、2年目以降もこの国の税金や税金もどきはやはり高い、と思うのです。

団塊世代人には、収入は少ないのに税金や税金もどきが異様に高いことに不平、不満があるはずですが、みんな黙っています。あんなに元気だった仲間たちはどこへ行ってしまったのでしょうか。

それはまあいいとして、今後も国や自治体は全面的にはあてにできませんから、自分の身は自分で守ろう、ということにもなるのです。私も若い頃から節約をし、せっせと預貯金に励むべきでした。しかし、預貯金に関心を示さなかった私にはそれは無理でした。

そこで「バブルの項」で書きましたように、"遊び程度"の投資にも手を出すことになったのです。もちろん、サラリーマンや自営業の友人、知人の影響もありました。"遊び程度"の投資というのは、単純に

十分な資金がなかったからです。

　私の母方の祖母は、先祖が「北前船薩摩ルート」で「大儲け」をした「海商」だったことを自慢していました。私の母も、祖母を真似て先祖のことを自慢していました。それに加えて、「自分には商才がある」、「できれば商売をしたかった」と言っていましたから、普通の母親とは違って、自分の子どもが、株式投資や不動産投資をすることに反対する様子はありませんでした。

　もちろん、株式投資はやり方しだいで大きなリスクもあります。しかし、リスクを低減する方法もないわけではないようです。後に書く「分散投資」などもその一手です。また、私の場合は「信用取引だけはしない」という自分のルールを決めています。株で全財産をなくした、という話はほとんど「信用取引による失敗」だからです。もちろん、「信用取引」も法的に許された方法ですから「やる、やらない」は個人の自由です。しかし、私は「自分は賭け事が好きなタイプである」と自認していますから、信用取引はしない、という「線引き」をしているのです。つまり、私は"自分を信用していない"のです。

　投資には「知識＝勉強」と「直感力＝勘」と「度胸＝決断力」も必要です。この三つがなければ投資で成功する可能性はない、ということになるでしょう。

　60代や70代になって初めて投資をする、というのはやはり遅過ぎます。60代や70代になるまで、投資に関心がなく、勉強もしていないのですから、そう言われてもやむを得ないでしょう。

149

預貯金も、いわば一種の投資ですから、老人の投資はそんなもんでいいのかもしれません。株式投資では、投下資金があっという間に2分の1、3分の1になることもザラにあります。ただし、もちろん、その逆もあるわけです。ですから、「余裕資金」がある人は、安い時に配当＋優待で利回り5〜10％程度の株を買って眺めていたらいいのです。現在のようなゼロ金利の時代に、わずかとは言え、手持ちのお金のすべてを預貯金にする、というのは"頭が悪い"と思うのです。

　株主優待も面白い世界です。優待品には米・お米券・キノコ・醤油・味噌・ごま油・海苔・酒・焼酎・ビール・ワイン・鮭缶・カニ缶・数の子・和牛肉・カレー・ソーメン・うどん・餃子・おつまみ・菓子類・水・ブドウ・リンゴ・ミカン・柿・文房具・おもちゃ・化粧品・洗剤・防災グッズ・高級レストランや回転すし店のサービス券、牛丼店、チャンポン店等の食事券・国立博物館パス券・トイレットペーパー・鉄道や航空運賃の割引券・ホテル代割引券・老人ホーム入所割引券等々"何でもあり"の世界です。

　個別の銘柄では、突然、優待が廃止されることもあり得ます。しかし、日本では大多数の投資家が優待制度を支持していますから、当分、この制度自体は存続するだろうと思います。

　超インフレになると、預貯金も、あっという間に、値打ちが5分の1、10分の1、ひどい時には1,000分の1とか10,000分の1になる、というリスクもあるのです。私の両親も、戦後のインフレで、家一軒分の預貯金をパーにしたことがあります。インフレもよその国の話で

はないのです。そういう場合でも大手の食品、化粧品、薬品などを製造、販売している「潰れにくい会社（当然、どんな会社でも潰れる可能性はあります）」なら、株価は一時暴落しても、いずれインフレに応じて修正されますから自己防衛できるわけです。もちろん、恐慌時には倒産する会社も続出するかもしれません。しかし、そこまでいったら、小細工がきく状態ではありませんから、みんなで"お互いの不幸"を笑いましょう。

　リスクを軽減する方法には「分散投資」があります。分散にも「時期分散」、「銘柄分散」、「内外分散」があります。私の若い頃には「財テク三分法」というのが推奨されて、資産は「預貯金」、「株・債権」、「不動産」の三つに分けて増やせ、と言われたもんですが、分散という点では良く似ています。「内外分散」も「投信」などの購入が容易になって、日本にいながら欧米や東南アジアなどに投資するのも簡単にできます。たとえ 10,000 円でも 100,000 円でもアメリカやドイツや東南アジアに投資している、と思えば気分はいいはずです。

　「馬賊の唄」を真似ると"狭い日本にゃ住みあいた♪　他所にゃ無数の民が待つ♪"ですよ。日本が潰れても、元気な国々が残っていたら、まだ何とかなるわけです。

　株も分散していると、ある銘柄がある日、突然、騰がり出し、短期間で２倍、３倍、場合によっては５倍、10 倍になることだってあり得るのです。そうなったら、それを売って高配当の銘柄を買い足すか、うまいもんでも食うか、旅行にでも行くか、あるいは困っている人に

寄付でもしたらいいのです。

　ただ、残念ながら、私自身は投資家の「お手本」とは言えないよう　です。お恥ずかしい限りですが、定年退職時に完済予定だったローン　を未だに残している“お粗末さ”です。むしろ、投資失敗者の「お手　本」かもしれません。ただし、私は投資で“一定のシステム”は作り　ました。後は幸運を願うばかりです。

　投資下手でも、私が「あなた」に1円でも借りることはありません　からご安心ください。もちろん、「あなた」に1円でも貸すこともない　のです。わが家には「きょうだいでも金の貸し借りはするな」、「どん　な理由があろうと連帯保証人にはなるな」という「家訓（家庭内憲法）」　があって、それを守らなければならないからです。

　モノローグらしくまたまた話が広がってしまいました。ともかく、　投資は生活防衛になり、認知症予防になるそうですから、それぞれが　可能な範囲で活用するのは悪くないと思います。

## ○この年でまさかの共同研究に着手

　二度目の定年退職後も、研究に定年はない、ということで、個人研　究は続けていますが、この年で共同研究に踏み出すことは想定外のこ　とでした。しかし、最近、身辺の若い人々が短大、大学に就職し、造　形教育を担当するようになったことを喜んでいるのですが、幼児教育　科目の担当者は、小、中学校の教育研究業績だけでは不十分というこ　とで、文科省から幼児造形教育の研究業績も要求されるようになった

のです。このこと自体は当然のことですが、しかし、若い人にとって幼児造形教育研究と取り組める機会が少ない、という声を聞きましたので、何かしてあげられないか、と考えたのです。

　平成 30 年（2018）秋、8 人の志を共にする共同研究会が立ち上がりました。元々、小さな舟ですから、これ以上人数を増やすことはできないのですが、質の高い研究ができればいいと思っています。

　メンバーは短大・大学の勤務者が 5 名、認定こども園園長が 2 名、無職者が 1 名（私）です。内容は幼児期造形表現とトーランスの創造性テストとの関わりを探ることになります。関連で小学校低学年も研究対象になります。

　どういう子どもがどういう創造性を示すかということを明らかにすることになるわけです。創造性は美術教育の 1 丁目 1 番地のテーマですからやりがいはあります。久々に若い人たちとの研究で充実した活動ができそうな予感がします。

## 2　団塊世代人の故郷回帰

### ○溝下の謎と溝下古墳群

　年を取ると、妙に故郷が恋しくなります。これを故郷回帰と言うの
でしょうか。故郷の山や川や歴史などが理屈抜きで急に懐かしくなる
のです。

　私が生まれ育った鹿児島県出水市溝下は、現在でも100戸に満たな
い小さな集落ですが、集落の北端部、地元の人々が「ドジュ（字道場
園）」と呼んでいる一画には溝下古墳群があります。最近できた焼酎工
場の出水酒造と同社経営のホテル泉國邸の西隣り付近です。

　古墳といっても、近畿や吉備にあるような壮大なものではなく、熊
本県の球磨郡、鹿児島県の出水や川内川流域に特有の小さな墳墓です。
多くは、径2メートルにも満たない、円形の地下式板石積石室墓です
が、他に楕円形、方形の墓などがあります。まだ未発掘の部分も残っ
ていますが、初期の出土品は東京国立博物館に収蔵されています。こ
れらの中には、鉄の短甲、金環、銀環、鉄剣、鏃などを含んでいます
から、この地方を支配した武人たちの墓です。人骨はほとんど消滅し
ていて木片のような小さなかけらが残っている程度です。

　最初の遺物は昭和8年（1933）に同地にあった住居の土地改良の際
に発見されています。私の小学校時代に大々的な発掘があり、私も実
家から500mほど離れたこの地へ連日のように見学に行きました。

154

私の大学生時代にも発掘があり、さらに後に範囲特定の調査が行われています。古墳時代の人々の家屋は、古墳の近辺に作られただろうと思いますから、現在の溝下の人々の居住区と重なっていたかと思うのですが、前村の本家はこの古墳群から100m余り離れた台地縁辺部に位置し、今は埋められましたが、坂下にあった前村家の「池」の脇に田の神が祀られています。つまり、周辺の稲作の要に本家はあるのです。ただ、先祖がいつそこに住み始めたのかは知りません。

　当時の出水の郡衙（郡役所）は、諸説がありますが、表郷あたりにあった、という説が有力です。ドジュにも「下郡山」という字名がありますが、「郡山（表郷）」に対する「下郡山」にしては、両者間の距離1,500mが気になります。また、古い道路が5方向に放射している、現・溝下集会所付近には何かがあった、という感触はあります。同所には紫尾上宮社の下宮と称される小さな紫尾神社もあります。

　平成24年（2012）、出水酒造建設予定地の川除遺跡と下郡山遺跡の発掘調査がなされました。この時の調査で古代の住居跡や縄文早期から中世の焼物（破片）などが見つかっています。中には古墳時代の役所や寺などで用いられた特別な焼物の破片なども発見されているようですが、隣接の溝下古墳群と時代が重なる遺物、遺構の発見はなかったようです。

　実は、私の最大の関心は、古墳に埋葬された武人たちの子孫は「溝下に住み続けたのか、戦争で全滅したのか、あるいはどこかへまるごと移住してしまったのか」という点にあります。溝下の人々はこれら兵士たちの子孫かもしれないからです。現代科学の手法を使えば解明できるでしょうが、個人情

報保護などクリヤーすべき問題もあるのかもしれません。いずれにしろ、地域には地域なりの歴史と謎があるのです。

ところで、古墳やその周辺ですが、ドジュの北に小さな滝があって、昼夜ごうごうと水の音が鳴り響き、隣接する「タンジョウ（谷城）」と呼ぶ森には狐が住んでいる、という噂がありました。子ども時代、夕暮れ時、友達と遊んでいて、コーン、コーンという「狐の鳴き声（？）」を聞いて、鳥肌が立ち、あわてて「アッパー（あばよ）」「アッパー」と言い交して、それぞれ家路を急いだということも何度かありました。

また、タンジョウ脇の古道は大木の枝が覆っていましたが、村の先輩たちが、暗くなると、その大枝には馬の首がぶら下がっている、という作り話（？）をしました。そうでなくても一帯は大人でも夜の一人歩きはできないような恐ろしい雰囲気がありました。

しかし、近年、すぐ脇をバイパスが通り、森もほとんど消滅し、すっかり拓かれ、旧森の北側には道の駅風の「特産館」が出来ました。また、タンジョウの森と小滝のすぐ南側にモダンな焼酎工場と、しゃれたホテルができたのですから、昔を知る者にすれば、信じられないような変わりようです。

## ○溝下古墳群を発掘した恩師の池水寛治先生

第2回目の溝下古墳の発掘は、私が佐賀大学の学生時代に、出水高校の恩師、池水寛治先生を中心に行われました。先生は二科会と日本考古学協会の両団体に所属されていましたので、高校生の私には憧れの的でした。考古学では、わが国における最初の旧石器時代の住居跡発見

者として、大きな話題になったこともあり、美術の方では、二科会で特選を受賞され、南日展、グループＮＡＮ展等で活躍されました。

　先生の業績については、早稲田で１年間受けた、岡田威夫先生の「縄紋文化」の講義でも紹介されましたので、岡田先生に「池水先生は私の恩師です」と伝えたところ、大いに喜んでくださった、ということなどもありました。

　池水先生は、玉龍高校を卒業後、東京芸大に入学されますが、結核で中退されています。美術と考古学は高校時代から取り組まれていたようです。教職につかれた後も、美術と考古学の二足の草鞋をはかれていましたが、無理がたたったのか、40代の若さで早世されました。

　当時、東京にいた私は、鹿児島で高校の美術教師をしていた同窓の前田友幸君から、先生の病気が相当悪化している、という知らせを受け取りましたので、帰省した際に、鹿児島市の南風病院に入院中の先生のお見舞いに行きました。その折には、埼玉県で額縁製造業を営んでいる、西出水小学校以来の友人で、美術部の仲間だった金光満行君から託された額縁を持って行きました。先生はかなり息苦しそうでしたが、金光君の額縁のことを告げると、かすれた声でとぎれとぎれに「そ、そうか、ありがとう」と言われ、病室をお暇する際には「がんばれよ」と声をかけてくださいました。しかし、先生の病は最悪期を迎えていて、その日の夜、亡くなられた、という知らせを奥様から電話で聞きました。同じ日に、美術部後輩の坂口真知子（旧姓山崎）さんもお見舞いに行かれたことは、葬儀の日にご本人から聞きました。

## ○珍説；紫尾山名称は道教紫微宮（北極星）由来か

　この項は最初に「珍説」とお断りした上で書くことにします。真面目に読まれて、ああだ、こうだと、と指摘されるのは構わないのですが、著者自身がわざわざ「珍説」と言うのですから、丁寧に読まれるのは時間の無駄かもしれません。といっても、いい加減に書いているわけではありません。ともかく、書き手からすれば気軽に読んでいただければ、それで十分ということです。

＜紫尾山頂（テレビ中継塔の部分）／自宅菜園から＞

　鹿児島県北薩の最高峰は九州百名山の一つ、紫尾山（標高 1066.8m。別名は上宮山）です。佐賀県で言えば、同じく、九州百名山の「脊振山（1054.6m）」や「天山（標高 1046.2m）」のような地域の名峰です。
　紫尾山は地元の人ならだれでも知っている山ですから、紫尾山の名称由

来についてもこだわりを持つ人は多いようです。私も子ども時代から紫尾山塊と紫尾山頂は朝夕眺めながら育ちましたし、少年時代、16回も登頂したくらいですから、紫尾山に対する思いはけっこう深いものがあります。

　出水市立図書館が蔵する『出水の地名・総集―出水地名研究会30年の要約集―』(出水地名研究会／代表・田頭壽雄／2015)によりますと、主な「紫尾山名称由来説」には次のような「10説」があるようです。

### 1. 紫雲説
　空覚上人が夢の中で、この地を聖地とせよとの大権現のお告げを受け、目覚めたら山に紫の雲がたなびいていた（祁荅院記）。
### 2. 紫紐説
　徐福一行が冠岳を経て、この山に来て紫の紐を忘れた（薩摩名勝誌ほか）。
### 3. 柴引説
　寛永年間、神社の改築時、松材を松ケ野から伐採し、雑木を柴山から引き出したことから柴引と言ったが、紫尾はこのシバヒキの略（高尾野神社調書）。
### 4. 死人説
　「七里紫尾山五里墓原故墳が累々、死人山の意味」（鹿兒島藩名勝考）
### 5. 渓尾説
　「双方より峠に登ること共に二里半・・・渓谷に下り・・・山中大樹空を覆い・・・」（薩隅日地理纂考）
### 6. 渋説
　「紫美（シミ）とは渋と同言で鉱泉から出た名である」（地名辞書四）
### 7. シビ説
　「アイヌ語ではシビは優雅なる山の意である」（かごしま地名考）
### 8. シビ説
　「アイヌ語でシビとは静かなる山の意である」（ふるさと流域紀行）
### 9. 志毘説
　「紫美は志毘と訓むべきで・・・シビ山とは長く続くやまで、この山の神をいう」（大宰府管内誌・伊佐郡）

## 10. 浸（しみ出る）説

　　古い文書の紫美神はシミと読むべきで「温泉の渋ミ、又は浸（シミル）が紫尾の語源」

　同資料にはこれらの他に高麗近くの泗比（シビ）、道教の紫微垣（シビエン）があることを単語だけ紹介しています。

　また、紫尾山の南側、宮之城史談会（旧宮之城町は平成の合併後さつま町宮之城町となっています）の『珍しい地名の由来』（昭和51）によりますと、「紫尾山」については次のような記述があります。

　　　紫尾にあった祁苔院神興寺の開山といわれる空覚上人が紫の雲が尾を引いてたなびいている夢をみて、これは仏教の聖地にふさわしい地であるとの神仏のお告げであろうと考え、この山を紫尾山と名付け、仏法修行の霊地としたという。

　　　また、秦（しん）の始皇帝の命で、不老不死の薬草を求めにやってきた徐福は、串木野に上陸して、冠岳には冠を捧げ、紫尾山には冠の紫の緒（お）を忘れたので、この名がつけられたという伝説もある。

　ここには、紫尾山の北側、出水市の「1. 紫雲説」と「2. 紫紐説」とほぼ同じ説が併記されています。

　「1.紫雲説」は、継体天皇の時代、500年前後に朝鮮半島から渡ってきた空覚上人という僧が、現地に神興寺を創建したことに絡んで語られる話ですが、現存する僧の墓で最も古いものでも15世紀のものですから、そのまま

160

信じることは難しいようです。

　また、徐福伝説は静岡県、和歌山県、佐賀県、鹿児島県など全国各地にありますが、あくまでも「伝説」として受けとめることが良さそうです。こうした伝説は、古代、中国から新しい「技術」と「思想（宗教）」を持った人々が、波状的に日本各地に渡ってきた、という「集団の記憶」が長年かけて「伝説と化したもの」と考えます。

　ただ、私はかつて中国の留学生の案内で、仲間数名と北京、西安などに行きましたが、発掘された 夥 しい数の兵馬俑が立ち並ぶ巨大な土坑を見て圧倒されましたし、広大な始皇帝墓陵に登って、始皇帝の強大な権力の一端を痛感しましたので、始皇帝ならば、不老不死の薬草探索のために、総勢3,000名（白髪三千丈式の誇大表現でしょうが）に及ぶ大集団を日本に派遣することも、その気になれば可能だったろうなと思います。

　新しい「技術」と「思想（宗教）」を持った渡来集団の中には「国見のプロフェッショナル」がいて、渡来後、その地の高山に登って、その地がどんな条件を持っているか判定することも当然あったはずです。

　しかし、始皇帝の時代は、日本ではまだ縄文時代から弥生時代に移行する時期ですから、「海の向こうから偉い人」がやってきて、仮にこの山を「紫尾山」と名付けたとしても、文字を知らない人々にとっては、ほとんど意味をなさなかったことでしょう。

　ただ、縄文人や弥生人でも、地域にそびえる高山は、神が宿るところと思っていたでしょうし、地理上の重要な目印でもあったはずですから、自分たちで名前を付けて呼ぶことはあったろうと思います。

縄文人あるいは弥生人が名付けた名称は10説中の「6.渋説」とか「10.浸(しみ出る)説」に基づいた「シミ・シビ」の可能性が高いのではないかと思います。地名はその土地の自然状況から名付けられることが最も多いからです。

　出水平野には洪積台地、沖積台地の縁辺部に数多くの「泉」がありますが、水は人々の生命維持と農作業に必須のものですから、昔の人々が「水」の大元になっている紫尾山塊に特別な思いを抱いたのは自然の成り行きでしょう。

　特に「シミ・シビ」に漢字の「紫美」あるいは「紫尾」の当て字が使われるようになったのは、早くても713年(和銅6)の「好字二字令」以降のことでしょう。中央権力に対する隼人の抵抗は、その後もしばらく続きましたし、紫尾山は薩摩国府の設置と関係する山ですから、700年代末に名付けられたものか、と思います。

　さつま町鶴田町紫尾(鶴田も本来水流田かと思います)にある紫尾神社の社伝には、創建を孝元天皇の時代としていますが、孝元天皇自身、欠史八代の一人ですから、これもこのまま信じることは難しいと思います。

　「紫美」の初見は、『日本三代実録』の866年(貞観8)4月7日、薩摩国紫美神が正六位上から従五位下に昇叙されたという記述です。ちなみに、同日、薩摩国開聞神が従四位下から従四位上に、賀紫久利神(出水市米ノ津)が正五位下から正五位上に昇叙された、という記述があります。この時代、川内の新田神社(総社の位置づけか)はまだなく、薩摩国内の神社で格式1位は開聞神社、2位は加紫久利神社だったのです。また、868年(貞観10)

<溝下の紫尾神社>

　3月8日に、薩摩の紫美神が正六位上から従五位下に昇叙された、という二度目の記述があります。紫尾神の前者をさつま町鶴田町紫尾の紫尾神社とし、後者を出水市高尾野町唐笠木の紫尾神社とする人もありますが、『日本三代実録』の記述を確認しましたが、明確にそう書き分けられているわけではないのです。ただ、866年以前に「紫美（紫尾）」の名称自体はあったわけです。面白いのは、「紫尾」を「紫美」とし、「加紫」を「賀紫」として、昇叙申請に際し、少しでもイメージを良くしようとしたのではないか、という点で、こういうものはいつの時代でも変わらないのかな、と思います。

　ところで、溝下公民館の敷地内にも紫尾神社があり、周辺に紫尾姓の家が数軒あります。おそらくこの紫尾神社由来でしょう。この小さな神社は昔は建屋の中にあり、屋根は厚い板造りでした。また、以前は南向きで紫尾山頂と向き合っていましたが、現在は南西を向いています。

　鹿児島県内には、高さだけで言えば、紫尾山より高い山はいくつもありますが、紫尾山が特別な意味を持つのは、川内に位置する薩摩国府の「主山」であった、という点にあります。

　さて、ここから私の自由な想像が入ってきます。ずばり、先に結論を言いますと、「紫尾」は出水の資料でも単語だけ紹介されている「紫微垣(しびえん)」と関連する、道教の「紫微宮(しびきゅう)」に由来するのではないか、ということです。

　古代、中国では北極星（北辰）付近を天帝太一神(てんていたいいっしん)（天皇大帝）の居所とし、この星を中心とする星座を天上世界の宮廷、「紫微宮(しびきゅう)」や「紫微垣(しびえん)」あるいは

163

「紫宮」と称しています。北極星＝北辰は方角では北、色彩では黒を意味し、五行説でいう木・火・土・金・水の水になり、神獣では玄武（蛇と合体した亀。龍の子とされています）となります。

ノマド（遊牧民）に起源を持つ北辰信仰は、中国で菩薩信仰と習合し、妙見菩薩（北辰妙見菩薩・妙見尊星王）を生み出しますが、これは名称は菩薩ですが実際は帝釈天や毘沙門天等と仲間の「天（天部）」になります。道教は、神道、修験道、密教、日蓮宗等とも相互に影響し合っています。また、妙見菩薩は千葉氏の守り神として有名です。

千葉周作は多くの人々に知られている幕末の剣豪ですが、千葉氏一族ですから自ら編み出した剣法を「北辰一刀流」と名付け、道場を「玄武館」と称したのです。ちなみに、坂本龍馬や漫画の「赤胴鈴之助」も北辰一刀流の使い手です。赤胴鈴之助はラジオの連続劇にもなりましたが、スタート時、当時12歳の吉永小百合が周作の娘・さゆりを演じています。

＜玄武に乗った妙見菩薩＞

＜わが家の亀＞

写真は、懐中仏（高さ6.2cm）の本門寺型妙見菩薩（前村所有）ですが、「護国鎮守・除災招福・長寿延命・風雨順調・五穀豊穣・人民安楽」の守護神です。この像では、剣を手にし、光背に七つの星（北斗七星）がありますが、妙見菩薩自身が北極星です。小像でわかりにくいですが、菩薩は玄武に乗っています。これで空を駆け巡るわけです。

　わが家ではかつて十数年間亀を飼っていたことがありますが、重い甲羅を背負って、のんびりとトコトコ歩く姿からは「空を飛ぶ亀」など思いも付かないことでしたが、古代人は何ともたくましい想像力を持っています。

　まつろわぬ民、隼人が住む薩摩は、他国に比べ、国府や国分寺の造営も数十年遅れましたが、県立川内高等学校の北側敷地一部を含む薩摩国府の部分発掘で、奈良時代後期から平安時代に至る出土品があったようですから、薩摩国府も8世紀末には着手されたと思われます。

　当時、都や国府はそれにふさわしい条件を備えた土地に造営することになっていましたから、妥当な土地を特定するために、道教や陰陽道を十分にマスターしたプロが派遣されることになります。基本的には、寒風にさらされない山塊（龍の体）の南側に開けた土地（活断層なども関係しているそうです）で、できれば東に川（海）があって（水運の便も関係あるのでしょう）、しかも洪水を避けられる高台でなければならない等々の条件を満たす必要がありました。また、山塊（主山；薩摩国府では紫尾山）はさらに大きい山脈（祖山；薩摩国府では霧島連山）につながっていなければならない、とか、龍穴（龍が呼吸する穴つまりパワースポット；薩摩国府では向山か）がすぐ北になければならない、などもあってなかなかやかましいのです。

薩摩国府でも「土地鑑定プロ」の陰陽師がやってきて、北（真北から左右15度までを北としています。実際、各地の国府や国分寺も真北から何度かずれている場合がけっこうあります）にある、主山に比定できる、後の「紫尾山」を指差して、「あの山は何と呼ぶのか」と尋ねたところ、「シビと申します」と地元の者が答えたので、「ほう、シビと申すか。良い名じゃ。紫微宮の下に見えるから、これからは紫尾山とするが良かろう」と言ったのではないか、と私は想像するわけです。つまり、私の紫尾山由来説は元々の「シビ（シミ）」から好字二字の「紫尾（紫美）」へ変わった、という二段階説になります。

　「確かな根拠があるのか」と問われても「ありません」と答えるしかないのですから、最初に、お断りしましたようにこれは「珍説・奇説の類」です。ただ、故郷の山の名前が、「北辰（北極星）信仰」に由来しているかもしれない、というのはロマンに満ち満ちていて素敵です。名前の由来を確定できるまでは、議論を深めるためにも、こうした「珍説」も排除すべきではないでしょう。たぶん、三千年経っても結論が出ることはないと思いますが。

　人によっては、なぜ、ずばり「紫微山」としなかったのか、と言うかもしれませんが、紫尾山は「紫微宮」にあやかっただけで「紫微宮そのものではない」からと思います。「紫」という語は、私も三度訪問したことがある北京の紫禁城や、京都御所内の紫宸殿（この場合の紫は「紫微＝天皇」を表しています）、天皇が狩りをしたことから名付けられた、という京都の紫野（むらさきの）のように、皇帝や天皇に直結する特別な言葉として使われています。むしろ、紫禁城や紫宸殿を紫微城、紫微殿としなかったことが示唆的です。

　九州の筑紫（つくしは「中央」が名付けた陸の尽くしという説もあります。東

北を陸奥としたのと同じです。地方人にとっては失礼な話です)や出水市の加紫久利神社などの「紫」については別の機会に検討したいと思います。

「紫尾山」名称の由来ついでに、「出水」の名称ですが、これも元々は「出づ水」に拠るもので、「泉」から「和泉」になり、さらに「出水」になったようです。「泉」、「和泉」、「出水」にはそれぞれのイメージがあります。かつてこの地に「泉の誉れ」という焼酎がありましたが「出水の誉れ」よりはおいしそうです。平安時代の恋多き女、中古三十六歌仙、女房三十六歌仙の一人、「和泉式部」は「出水式部」でなくて良かったと思います。「出水式部」だと縄文時代の「出水式土器」と重なって土偶のイメージに繋がります。「和泉式部」が土偶のイメージになってはまずいでしょう。

しかし、江戸期の北薩の無敵の軍団、「出水兵児」は「和泉兵児」や「泉兵児」よりは強そうですからこれでいいと思います。

## 〇陰陽道と私たちの暮らし

陰陽道と言えばおどろおどろしいイメージがありますが、フィギュアスケート界の天才、羽生結弦君が「ＳＥＩＭＥＩ（晴明）」を演じたことでだいぶイメージが変わったかもしれません。言うまでもなく、晴明（安倍晴明）は平安時代の大陰陽師で、現在も全国各地の晴明神社に祀られています。

私自身は道教とか、陰陽道、風水などにはあまりこだわりはありま

167

せんが、私が知る範囲でも、中国や台湾の人々はかなり強いこだわりを持っています。

　ただ、私でも住宅の鬼門（東北の角）や裏鬼門（西南の角）にナンテンを植えると「難を転じる」と聞くと、それだけで済むならばと、鬼門や裏鬼門にナンテンを植えたりはします。

　現代では、占術の要素の濃い「陰陽道」は「迷信のかたまりである」と喝破し、「私は科学だけを信じる」と言う人もいるようです。しかし、人工衛星の打ち上げ前には、科学者や技術者が揃って神社にお参りに行きますし、また、プロ野球のチームでも、シーズン開始前に選手が揃って神社に行き「必勝祈願」をするのも珍しいことではありません。並外れて「頭のいい人」や特別に「運動神経のいい人」でも最後は「神頼み」をしています。

　ですから、受験シーズンになると、受験生が大挙して神社などにお参りするのもやむを得ないのかもしれません。また、いい伴侶が見つかりますようにと神頼みをする若い女性もたくさんいます。

　ロケット研究のスタッフやプロ野球選手の姿勢には「人事を尽して天命を待つ」といった清々しさもあって、まあいいか、と思うのですが、もし私が神様だったら、努力しない受験生やブランド品で身を飾るだけの若い女性の「おみくじ」には「あなたは努力が足りない。だから今年の合格は無理です」とか「あなたはうわべを飾るだけで内面の磨き方が足りない。だから、あなたの願いがかなうまで５年か10年はかかります」と書かせようと思いますが、そういう神社にはだれも

168

寄り付かなくなるでしょうね、たぶん。

　私たちの生活の中に見られる陰陽道絡みのものには、帯祝い（安産祈願）、お七夜（命名式）、初宮参り、七五三、正月、門松、しめ飾り、注連縄（しめなわ）、凧あげ、羽根つき、左義長（火祭り・どんど焼き・鬼火）、結界、節分、恵方巻、ひな祭り、端午の節句、七夕、春分、秋分、夏至、冬至、六曜（先勝（せんしょう）・友引（ともびき）・先負（せんぷ）・仏滅・大安・赤口（しゃっこう））、太陰暦、三々九度、十二支、厄年、忌中、喪中、賛賀（還暦、古希、喜寿、傘寿など）、桃（霊果）、桃太郎、浦島太郎、丑の刻参り（藁人形）、龍穴、清明神社、風水、鬼門、裏鬼門、地鎮祭等々があります。現代でも陰陽道は私たちの日々の暮らしに深く浸透しています。

　「自分は迷信など信じない」という人が、初詣に出かけたり、三々九度をしたり、自宅の建築に際し、地鎮祭をやったりするのであれば、口先だけの中途半端な迷信批判ということになります。

　ところで、意外なことですが、私の家で昔から信仰している浄土真宗では陰陽道的世界を否定しています。私は験担ぎ（げんかつぎ）をあまりしませんが、これは浄土真宗の影響かもしれません。とはいえ、私も正月をそれなりに祝いますし、恵方巻も貰えば食べます。還暦の会も古希の会も何の疑いもなく仲間たちと祝いました。また、幼稚園の園長時代には、節分、ひな祭り、七夕、地鎮祭などにも普通に参加しました。

　生活風習と宗教行事の線引きは難しい問題です。生活風習を全て否定したらギスギスした社会になることでしょう。かといって、宗教絡みの行事を強制すれば法的にアウトになる可能性もあります。

陰陽道絡みで付記しますが、アケビと仲間のムベも、成長にしたがって葉が三、五、七と増えていき、七枚になったら実がなることから、縁起物の植物とされています。

&lt;ムベの実／2018.10.22&gt;

　陰陽道と関係のあるムベですが、ムベの実を食べると不老不死、不老長寿になると言われていますので、育ててみたいと思われる方もあるかもしれません。私の家の裏庭のムベは、子ども時代に山にムベを採りに行った懐かしい思い出があることから、中年過ぎに植えましたが、縁起物の植物であることは植物図鑑で知りました。
　ツルを上に伸ばして高い木に絡ませる方法だけでなく、剪定に強い植物ですから、垣根にしても良く実を付けるようです。

## 3　団塊世代人の自然回帰

### 〇小屋の南天庵；身の丈に合った殻

　若い頃はいつか豪邸を建てる、という夢もありました。しかし、最近は住宅は生きている間の「仮の宿」、身の丈に合った「殻」があればいい、と思っています。そこで、先頃、郷里に6畳と4畳半の庵を建てました。正式商品名は「スーパーデラックスプレハブ」といいます。

　土台はコンクリートでしっかり作り、多数の軽量鉄骨を用いた、丈夫な四角い「箱」です。小屋の愛称は「南天庵」ですが、「小さい隠居屋」と呼ぶ人もいます。

＜里山風にしたい裏庭＞

171

<紅葉が始まった中庭>

　ちなみに、南天はハーブ&スパイスの一種で、殺菌作用があるとかで生葉(なまは)がお赤飯に添えられたりします。既述のように「南天」は「難転」に通じるとされています。「南天庵」は100年以上前から同地に植えてある南天にちなんでいます。また、庵の裏鬼門には新たに南天を買って植えました。

　ところで、松尾芭蕉の俳号は「芭蕉庵」にちなんでいます。私も「南天庵」にちなんで南天を俳号にしています（晃人も俳号です）。

　郷里では「物を持たない暮らし」を目指しています。郷里にはテレビも、冷蔵庫も、保温ポットも、洗濯機も、風呂も、車もありません。

シャワー（水）や水洗トイレはあります。カセットコンロ、ヤカン１ツ、鍋１ツ、コップ類４ツ、どんぶり３ツ、小皿４ツ、壊れた自転車１台はあります。暑さ寒さは苦手ですからエアコンはあります。丈夫な簀の子ベッドもあります。ＣＤラジカセと、災害時の対策として手動式発電ラジオも買う予定です。

電子レンジも買いました。今後、さらに年を取ったらガスコンロは危ないからです。庵に住んでいても、私は世捨て人ではないのです。

口の悪いある英国人は、日本人の住宅を「ウサギ小屋」と言って嘲笑しました。私の小屋は「ウサギ小屋」よりうんと小さいのですから「スズメの巣」と言って笑うのでしょうか。

しかし、庵は小屋同然でも土地は広いのです。宅地と菜園を合わせて「700坪」あります。英国にも二度行きましたが、豪邸とは言えない普通の家屋もたくさん見ました。貴族屋敷などは別ですが、彼らも口で言うほどのことはないのです。

ただし、私は紳士ですから英国文化にも敬意を払っています。以前は英国王立園芸協会や英国ハーブ協会に加入していましたし、今後も、可能ならイギリスの庭園巡りをしてみたいと思います。園芸では英国は世界一ですから。

庭や菜園には山菜、竹類、果樹も多数植えています。ただ、ここ数年、夏、庭全体が草茫々になってしまいましたので、庭の面積の約半分をアスファルトで舗装し、舗装部分と緑地部分を区分けしました。その後はだいぶ管理が楽になりました。

ジャングル化し始めた菜園の方も、果樹の収穫用、手入れ用通路に新幹線等で使う特別な砂利を敷く予定です。年金暮らしでは費用がかかって大変ですが、放置するわけにもいかない状態だからです。

　　＜ヤマモモ酒＞　　　＜ヤマモモ；ヤニですぐ黒ずみます＞

## 〇南天国

　わが家の土地は南天国(なんてんこく)とも言います。私はこの国の代表者です。国民は私を含めて３人です。先頃、私は仮王位に就きましたが、まだ王としてふさわしくないと判断して自主退位しました。現在は国際独立王国連合から授けられた「子爵」の地位にあります。妃(きさき)は南天国佐賀大使、王女は南天国広島大使です。

　南天国のアリー軍は、地下の女王国（別名；安米裏家女王国(アメリケ)）からやってくる「傭兵隊」です。彼らは、南天国の食品のかけらや昆虫などを食べるだけで、月給や年金を要求することはありません。

174

アリー軍は戦車もミサイルも持っていません。しかし、アントニオ猪木並みの強力なアゴとパワーを持っています。南天国とアリー女王国は安全保障条約（安保）を結んでいます。

＜ヤマフジ（中庭）＞

　南天国にやって来る流浪の民、トリーたちの中には、鳴き声の美しいものもいますが、ギギッ、ガガッとしか鳴けない不器用なものもいます。トリーはいつも飛んできて、しばらく滞在し、フンをまき散らして去っていきます。ただ、彼らもけっこう役立ちます。トリーの体内を通った植物の種は良く育ちますし、害虫も食べてくれます。
　私は景気の悪いイッポン国政府の強い要請でイッポン国籍も持っています。私は政府公認の二重国籍者です。しかし、イッポン国は税金や税金もどきが高過ぎます。南天国ではみんな無税です。
　子爵は、夕方になると豆腐、干物、野菜などを肴に焼酎を飲みます。

年に1回か2回は、庭に作った石の炉で炭火を起こし、新サンマや活サザエなどを焼きます。こういう宵は、他に豆腐と高菜の漬け物でもあればもう十分です。南天国にはブータン国に負けないくらいの幸福度100％の暮らしがあるのです。

＜バラ風の椿"バレンタインデー"＞

　これは本当は秘密ですが、子爵は、毎年、国際独立王国連合の「ノーヘル哲学賞」に内定しています。ノーヘル哲学賞は日本人初です。しかし、子爵はいつも受賞を辞退します。「ノーベル賞」は北欧までの旅費が出ますが「ノーヘル賞」は北欧までの旅費は出ません。しかも、受賞者は家族そろって「手作りのイカダ」を漕いで北欧まで行かなければならない、というきまりがあります。ですから、授賞式に出るのは命がけなのです。

妃や王女は「まあ、この度も、ノーヘル賞受賞ご内定とのこと、誠におめでとうございます。しかし、今回もご辞退なさるとのこと、イカダの旅は恐ろしゅうございますから、それがおよろしいかと存じます」と言っています。
　もちろん、新聞やテレビにもノーヘル賞内定のことは極秘にしています。ですから、イッポン国で有名な毎朝新聞も私のノーヘル賞内定のことは知らないはずです。
　知人の一人は「お前、最近、妄想がひどくなったな。一度、医者に診て貰え。即、入院かも」と嫌味を言っています。

＜左・庭の石の炉／中・焼いて食べたサザエ／右・　裏鬼門のナンテン＞

## 4　団塊世代人の青春回帰

### ○上知識同年講の友だち

　故郷出水の旧上知識には、郷里でも他地区では例のない４集落のみの団塊世代Ⅰ期生の会（同年講）があります。男女合わせて 23 名です。年に１、２回は男子だけで懇親会が催され、毎回 10 数名が集まっています。紫尾茂君は鹿児島市から、私は佐賀市から参加するという結束力の固い会です。

　代表は子ども時代からリーダーシップのある、親分肌の田淵忠義君で会計はまめな下島重弘君がやっています。下島君はまめですがユーモアもあって、面白いエピソードにも事欠かない男です。前回の私家版でも「機銃の不発弾をかまどの火にくべて、鍋の底を割って、父親にこっぴどく叱られたＧ君」として紹介しました。

　成人後は、出水市の消防署に勤務し、署長になりましたが、危険物取扱者講習会の講師をした際には、自らの少年期の体験を話して爆発物の威力を語ることもあったそうです。

　隣の本村耕治君は、物心ついた頃からの遊び仲間、文字通りの「竹馬の友」です。以前は地元の会社の社長なども務めましたが、前回の「・・・軌跡」を読んで、子ども時代のことを奥様に語り、溝下の「北辰斜めに（第七高等学校校歌）」の替え歌を歌って聞かせたそうです。

　田淵忠義君は、子ども時代、仲間で一番の"自然児"でしたが、同

178

君に誘われて、中学校を一日サボって、同君が飼っていたチビシャン（小型シャモ）のケンカの"果し合い"について行ったこともありました。

先年の私の実家の解体整地は、同君が会長をしている田渕産業が特別な計らいでやってくれました。幼なじみというのはありがたいものです。

## 〇亡くなる仲間たち

最近は友人、知人がポツリポツリと亡くなって、寂しい思いをしています。1歳年下の河路良孝もその一人になってしまいました。前著で郷里には年上や年下の友人はいないが、1歳年下の河路良孝君（K君）とは友人として親しく交遊していることを紹介しました。しかし、平成26年（2014）8月14日、彼の奥様から電話で河路君の死を聞くことになってしまいました。

早くから同君が前立腺癌の治療中であることは本人から聞いていましたが、最近は癌も治るようになりましたし、一時は治療効果もあがって、治るのではないかと期待しましたが、最期は癌が全身に転移した、ということで願いはかないませんでした。

亡くなる1ヶ月ほど前、本人から電話があって3か月入院しているとのことで、私も「これが最後の会話になるかもしれないな」という予感はありました。

しかし、見舞いに行っても、平静に振る舞う自信がなかったので、

見舞いにはあえて行かず、何とかもう一度元気になってくれ、と祈るばかりでした。

　河路君とは家が近かったので、子どもの頃から親しくしていたのですが、子どもの頃はいつも「あきらさん、あきらさん」と言って私の弟のような接し方をしていました。福岡大学商学部在学中も佐賀の私の寮まで何度か遊びに来ましたし、私も何度か彼の福岡のアパートまで遊びに行きました。

　その頃は船乗りになって、世界を相手に貿易をしてみたい、と語っており、大学卒業後は大手商社に入って東京で勤務しました。しかし、実家の事情もあったようで、商社は早々に辞め、鹿児島に帰って県内の伊集院、阿久根、出水に3店舗のギフトショップを作って事業に専念しました。

　河路君と私の交遊が再び密になったのは、私が東京から佐賀に戻ってからです。子ども時代と違って、事業家としてたくましく成長した河路君が語る世界は、私にとっていい刺激にもなり、いい勉強にもなりました。

　孫正義を尊敬していた河路君は、実際に孫氏とも面会しており、その時の様子を語る河路君は何ともうれしそうでした。同君はまさに立て板に水を流すといった風で能弁家でもありました。

　河路君の出水の告別式には出席しました。最期は20キロもやせた、河路君のなきがらは、痛々しくて涙が流れてとまりませんでした。いまはただ冥福を祈るばかりです。

## ○詩人の岡田哲也君

　出水市在住の詩人・文筆家の岡田哲也君は、中学時代の同期生で「顔見知り」ですが、特に親しい交遊があったわけではありません。しかし、岡田君の本は何冊か書店で購入して読んでいますので「前編」を送りましたが、私のことは冊子中の写真を見て思い出してくれたようです。彼は、出水中学からラサールに行き、現役で東大に合格した秀才ですが、東大は中退しています。

　文学青年には良くあることですが、彼の場合は、どんな事情があったのか知りません。当時のことですから学生運動なども絡んでいたのかな、とは思います。文学仲間では、直木賞受賞作家の故・藤原伊織や故・立松和平などとは彼らの最期まで親しくしていたようです。

　岡田君とは特別な交遊はなかった、と書きましたが、実は、在京中、岡田君のお姉さんで美術教育研究者の宮本朝子先生（出水高校‐東京学芸大学）とはお会いする機会があって、岡田君のことを話題にしたこともあるのです。岡田君とは一度焼酎を飲みながら、故郷談義などをしてみたい、と思っていますが、いまだに実現していません。

## ○倫理研究所の元幹部の田中範孝君

　田中範孝君は、高校時代の同級生で、早くから全国的組織である社会教育団体の倫理研究所に入って枢要幹部を歴任しています。

　彼の著書は何度か送って貰っていますし、講演で佐賀に来た時は、

楽屋で面会をしました。田中君は、先年、倫理研究所を退任し、顧問（参与）となりましたが、最近、顧問も定年になったようです。前編「・・・軌跡」については、倫理研究所の月刊誌『新生』（2013年6月号）に「回り道の妙」と題して、かなり詳しく紹介してくれました。

田中君のお兄さんも東大の数学科出身で、弟の範孝君以上に親しくしていたのですが、先年、亡くなられました。

## ○東京紫岳会同期会の人々

東京には出水高校の同窓会組織「東京紫岳会」があります。私は、東京にいる頃、東京紫岳会同期会幹事を10数年務めましたが、時代を共有してきた同期の連中からは、前著に対して「共感するところが多々ありました。お疲れ様でした」という声を寄せて貰いました。

当時、東京紫岳会の会長は医師の故・宮路貞孝先生でしたが、先生は、故・井上吉夫議員（北海道開発庁長官兼沖縄開発庁長官兼国土庁長官）と同期でしたので、井上先生にも大臣時代にお目にかかる機会もありました。当時、木下昭子（旧姓西郷）さんと私が幹事をしていましたが、故・向江和幸さんや、日本のコピーライターの草分けで、ＣＭ製作ディレクターの浜嶋顕成さんも協力してくれました。現在は、浜嶋さんと木下さんが幹事をしています。毎年、30名前後集まるようですが、昨年は古希の会を兼ねて全国に声をかけ、約50名が集まりました。この時は私も久しぶりに参加しました。

## 5　団塊世代の老後を生きる

## ○「終活」は「死に支度？」

　「さあ、船出だ！　帆をあげろ！」と叫んで、勇ましく船出した団塊世代人たちも長い航海を終えて母港に帰り着き、いまは陸で静かに暮らしています。いよいよ「終活」の季を迎えたのです。言葉を換えると「死に支度」です。しかし、本音では、まだ死にたくはないし、日頃は年のことは忘れてそこそこ楽しんでいます。

　しかし、最近は、友人、知人の訃報も数が徐々に増えて、少々焦りを感じているのも事実です。だからと言って、「終活だ」「死に支度だ」と自分に言い聞かせても、やる気は全然起こらず、身辺整理など一向に進んでいません。

　「終活」も「死に支度」も、必ずしも、遺書を書いたり、死に場所を定めたり、物品を捨てたりするだけでなく「余生をどう生きるか」を改めて見つめ直すことだ、と考えています。

　70歳を過ぎると、健康面でも、経済面でもやれることが限られてきます。したがって、老後をどう生きるかは大きな課題です。気持の整理も必要だし、行動の整理も必要になってきます。

　私もあれこれ考えました。その結果、今後の行動を「勉強」、「酒」、「コーヒー」、「旅行」、「園芸」、「瞑想」、「鑑賞」、「表現」、「市場の株と自然の株」、「治療」、「捨てる」の11項目に絞り込みました。

## ○１；「勉強」で遊ぶ

　この年になって勉強だと言ったら「気は確かか？」と言われるかもしれません。しかし、私の「勉強」は、試験もない、順位もない、自由気ままな勉強です。

　勉強の一つは「英語」です。英語の「読み・書き・聴き・話す」の４技能を勉強するのです。特に英会話が得意だったら、こんなことをやることはないでしょう。しかし、英会話はいつまでも苦手です。特に「聴く力」と「発音」に難があります。

　「その年でイングリッシュのお勉強？　金と時間のムダでしょ？」と若造にからかわれたら「ムダだよ！　ムダで何が悪い！　このドアホ野郎！！」と言って反撃を開始し、そこら辺にゲバ棒が落ちていないか探すことになるでしょう。

　それに、私の英語は「イングリッシュ」ではありません。私の英語は「イズングリッシュ」です。故郷・出水は方言でイズンと言います。故郷のなまりは私の標準語からも英語からも死ぬまで抜けない、という確信があります。だから「イズングリッシュ」です。

　しかし、私はそれを恥じているわけではありません。それどころか、標準語しか知らない「モノリンガル」の東京人は可哀そうだ、と思っています。私たち九州人や、関西人や、東北人は標準語もペラペラ、方言もペラペラの「バイリンガル」です。東京でも下町育ちの人は地方人に少し似ていますが。私たち地方育ちの団塊世代人は英語を習得

したら一気に「トリリンガル」になるのです。

　最近、どの地方に行っても、子どもたちが方言を知らない、という話を良く聞きます。地方人は方言と標準語の両方が使えるから強いのです。教師や親たちはもっと方言の価値を見直すべきです。私は「日本方言推進党」を結成しようか、と思うこともあります。

　英語に戻りますと、英語もプロでないと気楽です。寅さん風に言えば「下手でけっこう、ミスしてけっこう、けっこう、けだらけ、ネコ灰だらけ、白い犬だよオモシロイ、ワン、ツー、スリー、ワン、ワン、ワン」となるのです。

　日本人の英語コンプレックスを吹き飛ばすために、学校では、英語の授業の前にこれを子どもたちに唱和させたらいいのです。いや、その前に職員室で教師はこれを唱和すべきです。機会があれば、文科省にそう提言するのですが、残念ながら私にはそのパイプがないのです。これでまた日本の英語教育は50年遅れてしまうことでしょう。

　時々、私の英語がわからない、という外国人もいます。私のイズングリッシュがわからない外国人は“察しの悪い人”つまり頭の悪い人です。それに、団塊世代人は、英米人のように英語を話すのは気障だと言って、私みたいにわざと（？）下手に話す人もいるのです。

　また、私は「英語学」をやりたいわけではありません。英語の「読み・書き・聴き・話す」がそこそこできればいいのです。

　もう一つの勉強は「古文書」です。これもやってもやっても進歩がありません。ひょっとしたら、1歩進んで2歩下がるという状態かも

しれません。

　古文書は学生時代から気になって、ちょっと進んでは“振り出しに戻る”を繰り返してきました。フランス語、ドイツ語、中国語の勉強にも「挫折」しましたが、これらは外国語だから諦めもつきます。しかし、「古文書」は「日本語」ですから挫折を繰り返していると自信喪失気味になります。

　この頃は、ずり足の足音まで「ザセツ、ザセツ、ザセツ」と聞こえます。幻聴かもしれませんが、足音まで「挫折まみれ」の私をあざ笑っているように聞こえるのです。

　中年過ぎには、幼児教育史で必要な古文書類はかなり読めるようになって、喜びのあまりふと「古文書山」を見上げたら、山頂ははるかかなただったのです。私はまたまた井伏鱒二の山椒魚のように「ああ」と深いため息をつくことになりました。

　もちろん、古文書も専門家になりたいわけではありません。これもそこそこできればいいのです。しかし、ボンクラには、そのそこそこが難しいのです。時々、英語も古文書も若い頃からもっと真剣にやっていたら良かった、と後悔します。しかし、一方、もう年なんだから「もっと気楽にやれば」と自分自身に言い聞かせることもあります。

## ○２；「酒」を楽しむ

　私は若い頃から「酒」が好きです。一番好きなのは日本酒です。しかし、これも“通”ではありません。自宅では焼酎を水割りで飲んで

います。ただ、焼酎でも、ウィスキーでも、ワインでも、ビールでも手元にある酒なら何でもいいのです。

　私の人生は結果的に"中途半端"が裏テーマになっていますが、大好きな酒に関しても"中途半端"です。

　ただ、最近は、医者のアドバイスもあって、毎晩、飲みたいだけ飲むという姿勢を改め、1日1合の焼酎を水で薄めてゆっくり飲むようにしました。それでもけっこう楽しめます。慣れると別に不満もないのです。

　また、そういう暮らしを続けていると、病院の検査でいい数値が出ます。学生時代はテストでいい数値が出たら喜んだもんですが、いまは病院でいい数値を出すのが喜びです。医者の言うことを素直に聞けば、長い期間、酒を楽しむこともできるのです。

　もちろん、酒を飲むことは、ストレス解消になりますからいまでも悪いとは思っていません。ただ、酒の飲み方についてはまだ"修行中"です。私の理想は"一人で昼行燈のようにぼーっとしながら静かに酒を味わうこと"です。死ぬまでには酒飲みの達人になるのが目標です。これも私の大事な終活の一つなのです。

＜酔芙蓉／朝は白く夕べはピンクになる＞

187

## ○3 ;「コーヒー」を楽しむ

　コーヒーを飲むのも私の楽しみの一つです。ヘルマン・ヘッセは、晩年、園芸を趣味にしていて「園芸は瞑想に似ている」と言いました。ヘッセの真似をするわけではありませんが、私は「コーヒーを飲むのは瞑想に似ている」と思います。

　喫茶店では、普通、モカを頼みますが、家では家族はドリップ・コーヒー、私はインスタント・コーヒーです。何でも中途半端な私はコーヒーの味についても"中途半端"です。

　日本茶や紅茶も好きです。しかし、コーヒーを飲む時が一番気持が落ち着くのです。私はコーヒーの味を味わうのではなく、コーヒーを飲む"時間"を味わっているのです。

　コーヒーはいつも自分で淹れます。人に頼んで少しでもいやな顔をされたらいっぺんに気分が壊れるからです。孤高の老人はいつもマイペースです。人間70歳にもなれば深山に屹立している「半枯れの古木」のようなものです。バッハなどを聴きながら「一人静かにコーヒーを飲む老人」は「半枯れの古木」のようで素敵です。

　コーヒーを飲みながら、すーっと、煙のように消えてなくなったら最高ですが、そううまくはいかないでしょう。

　いずれにしろ、こういうことができなくなったら、神様がレッドカードをくれるでしょう。その時が来るまではひたすらこうした暮らしを続けることにします。

## ○4；「旅行」を楽しむ

　これからも旅行は続けます。ヨーロッパにも、もう一回は行きたい、という願望はあります。しかし、体力、気力、金力のすべてに問題がありますから実現は微妙です。最近は、海外旅行も韓国や台湾など近場でいいのではないか、と思う時もあります。

　海外旅行が難しくなったら、日本各地を旅行するだけでもいいと思います。国内旅行も難しくなったら、旅行代わりに、実家の庭や菜園を散策することにします。また、昔から好きなテレビの旅番組を見たり、地図上の旅をしたりすることでも満足できます。それに、古人が言うように人生は日々そのものが旅なのです。

## ○5；「園芸」で遊ぶ

　私は子どもの頃から植物栽培に関心を持っています。この趣味は成人になっても続いていて、アパートやマンションでも植物栽培をしてきました。特に佐賀大学勤務時代はマンションのベランダで多数のハーブを栽培しました。

　一時は英国王立園芸協会と英国ハーブ協会の会員にもなりました。会費は大手銀行で払い込むきまりになっていましたが、銀行では手間がかかる割にメリットがないためか、銀行員が嫌な顔をしたので、それが原因で会員を辞めました。

　その後、英国王立園芸協会の日本支部ができて、これを経由して再

び会員となりましたが、今度は日本支部が廃止となって、また会員を
辞めることになりました。

　その後、栽培の難しいものや、料理やハーブティーに利用しないも
のは徐々に減らして、現在は、佐賀、出水を合わせてもそれほど多く
の種類は育てていません。

　郷里の庭や菜園でも、一時は、ハーブは雑草対策に有効ではないか
と思って熱を入れましたが、雑草は私が考えるほど"やわ"ではあり
ませんでした。1ヶ月に1回や2回の帰省ではどうにもならなかった
のです。空き地には、すぐに背の高い雑草が茫々と生え、あっという
間にジャングル化してしまいます。

　230坪の庭は、先年、半分ほどをアスファルトで舗装し、緑地部分
を少なくして、だいぶ管理しやすくなりました。

　500坪弱の菜園（果樹園）の方も、地元の業者のアドバイスを受け
て有効な雑草対策をすることにしました。また、農学の専門家のアド
バイスで残った空きスペースには菊芋を植えようと思っています。

　雑草と言う名前の植物はない、というのは至言だと思いますが、私
にとって「雑草」は老後最大の悩みです。雑草を何とかコントロール
して、今後も果樹とハーブの栽培を続けていくつもりです。


## ○6；「瞑想」をする

　私はしばしば「瞑想」をします。特に新幹線の中で瞑想をするのが
好きです。新幹線は瞑想にちょうどいい空間なのです。ただ、私の瞑

想はすぐ"迷走"します。座禅の達人のような"無の境地"に至ることなどはめったにないのです。まれに"無の境地か"と思える時がありますが実は"居眠りだった"ということもしょっちゅうです。

私の場合、"瞑想"もまた中途半端です。「文章のあそこはあのままではまずいなあ」、「スケッチのあそこはもう少しデフォルメすべきかな」、「あの俳句はもう少し練りが必要だな」、「今日はやけに眠たいな」などといった雑念がすぐ入り込んできます。

傍目には、瞑想をしているというよりも、ただ、ぼーっとしているように見えると思います。本当の瞑想はもっと厳しいものでしょうが、私の"瞑想"は"名僧"が笑うような"迷想"です。しかし、それでもいいのです。

## ○7;「鑑賞」を楽しむ

二度目の定年退職後は、自由時間がたっぷりとありますから、じっくりと鑑賞を楽しむことができます。私が鑑賞したい分野は音楽、絵画、彫刻、建築、庭園、自然、文学、映画、落語等々幅広いのです。ただ、私は知識をひけらかしたり、理屈をこねまわしたりするような鑑賞は求めません。だれでもできる、普通に料理を味わうような自然体の鑑賞をしたいのです。

極論すれば知識不要、理屈不要の鑑賞です。もちろん、知識や理屈が鑑賞に役立つ補助的要素であることを否定しません。基本的にはラーメンもお寿司も懐石料理も詩も小説も美術も工芸もみんな同じと思

っています。みんなそれを自分の好みで味わえばいいのです。いま着ている服も、身につけているアクセサリーも、日々乗り回している車も、自分の美的判断で選んだはずです。服や装飾品や車も「立派な美術品や工芸品」です。美術がわからない人などいないのです。

もちろん、食わず嫌いの問題はありますが、食べ物に好き嫌いがあるように、美術にも好き嫌いがあっていいのです。初めから美術の全部をわかろうなどと思わず、自分の気に入った作品を少しずつ見つけていけばいいわけです。

ただ、ここで少し小難しい話をしますが、芸術鑑賞も能動的で創造的な行為です。鑑賞はジョン・デューイの言う「経験」です。デューイの言う「経験」は、単なる「過去の体験」ではなく、過去・現在・未来を含む「ものとものとの関わり合い」つまりすべての「相互作用」のことです。

いわば「恋愛」と同じです。自分（鑑賞者）がいて、素敵な相手（作品）がいて、素晴らしい恋愛（相互作用＝鑑賞）が成り立つわけです。私は音楽や美術や文学等々と深い恋愛をしたい、と思っています。

## ○８ ；「表現」で遊ぶ

私はこれからも「論文のようなもの」や「エッセーのようなもの」を書き、「俳句」を作り、「いたずら描き」を楽しもうと思っています。そういうことをするのが好きだからです。いずれも、生涯、下手の横好きで終わってもいい、と周りの人には言っています。好きなことを

好きなようにやっているだけですから。

　しかし、おそらく表現者のだれもがそうでしょうが、心の隅にはいつかいい作品ができたらいいな、という気持はあります。それが表現活動のエネルギー源の一つでもあったりするのです。

　もちろん、絵画でも彫刻でも「名作」や「名品」は「神が降りて来る」ことで初めて“成る”ものだと言われています。俳句の世界でも「名句」は作るものではなく「賜わるもの」だとされています。たとえば、ロンドンにあるダ・ヴィンチの聖母子像の素描や芭蕉翁の人生最後の俳句「旅に病んで　夢は枯野を　かけ廻る」などには「人智を越えた力が働いている」ことを感じます。

　このことは芸術だけでなく科学でもスポーツでも企業経営でも同じだ、と言われています。しかし、「神が降りて来る」ことは滅多にないのです。神という言葉を使いたくなければ「目に見えない摩訶不思議な力」です。これまで、私を含めとうとう神が降りて来なかった人を山ほど見てきました。

　おそらくノーベル賞級の仕事は神が降りて来なければ達成し得ないものでしょう。しかし、神が降りて来ないにしても、ひたすら努力を続けていると、神が気まぐれに（？）そっと背中を押してくれることはあるそうです。オリンピックなどでも、ベテランがバタバタと倒れる中で、“えっ、どうしてあの子が金メダルを？”といったこともそういうことになるのでしょう。

　また、神が降りて来たり、背中をそっと押してくれたりすることが

なくても、幽かな期待を抱いて、こうした表現活動に取り組めること
は素晴らしいことですし、幸せだと思うのです。

## ○9；「市場の株」と「自然の株」を楽しむ

　これまで、老人も少しは投資を考えた方がいいようなことも書きま
した。しかし、私自身、遊び程度の株や投信しかやっていないのです
から、団塊世代の仲間に株式投資を強く勧めるつもりはありません。

　預貯金もいわば一種の投資ですから、それが一番いいと思えば、そ
れを選ぶことになるでしょう。もちろん、投資である以上預貯金にも
リスクはあるのです。

　これから日本経済の雲行きがもっと怪しくなったら、私は元自然児
らしく「半自然主義者」となります。これも「半自然主義者」であっ
て「自然主義者」でないところに私の「中途半端さ」が出ています。

　私はいまでも郷里に帰ると時々は"草"を食べています。もちろん、
空き地には里芋、薩摩芋、ジャガイモなども植えます。こういうもの
はそれほど世話をしなくても、自分で食べる程度のものは簡単にでき
ます。老後は株式市場の"株"を育てることから、自然の"株"を育
てることに重心を移すのです。

　昔は漁業権も取得して川や海で魚介類を獲ることも考えました。し
かし、けっこうお金も時間もかかるようですから、少量で済む魚介類
はスーパーで買うことにしました。こうしたことで分業化社会の"支
え合い"も成り立つわけです。

また、スーパーやコンビニに行けば、おかずや酒の肴などは少々の
お金があれば容易に手に入ります。いまは老人にとっても住みやすい
時代です。また、時々は、郷里の友人から川蟹や猪の肉を貰ったりし
て、けっこう半自然主義者らしい食生活をしているのです。

　自然や社会とうまく付き合いながら、ほんの少しのお金と、ほんの
少しの知恵と、ほんの少しの努力があれば、老人も何とか生きていけ
ます。もちろん、われわれ団塊世代人の最後の共通の課題は次の項の
「健康」ということになるでしょう。

## ○10；「治療」とうまく付き合う

　若い頃は病院が嫌いで医者には近付かないようにしていました。し
かし、この年になると、体のあちこちにガタがきて、病院で検査を受
け、治療を受けることになります。

　私も一回目の定年退職の前年、64歳の時、職場の定期健診で県立病
院の循環器内科で検査を受けるように言われ、3ヶ月間、高血圧と心
房細動（不整脈）の治療を受けることになりました。その後、Ｅ医院
を紹介して貰って、ここで治療を受けるようになって、早や6年の月
日が流れました。

　行きつけの病院があると安心です。定期的な検査と、必要な病気の
治療と、日常の健康管理の助言を貰えるのですからありがたいもので
す。

　Ｅ医院でも最初は高血圧と心房細動の治療を受けました。その後、

血糖値がやや高いということで糖尿病の薬も飲むようになって、まずまずの数値が続いていたのですが、平成30年（2018）5月、急に血糖値が上がったので、県立病院の糖尿病代謝内科を紹介して貰って、検査と治療と厳しい食事指導を受けることになりました。

こちらは月1回計4回通いましたが、検査の度に数値が"劇的に"改善されて、再び、E医院に戻ることになりました。実は、県立病院の女医先生はE先生の奥様で、私はご夫妻に治療を受けている、という"珍しい患者"なのです。

女医先生には"これからの時代は百歳まで健康に生きることが課題です"と言われました。私は正直に"百歳まで生きる自信はありませんが頑張ってみます"と答えました。これからも私の病院通いは続くでしょうが、"治療"とうまく付き合って、充実した余生を過ごそう、と思っています。

## ○11 ;「捨てる」を実行する

「終活」の大項目の一つは、自分の身辺にある不要な物品を「捨てること」だと頭ではわかっています。しかし、これがなかなか実行は難しいのです。

私の場合、難題は"本"です。本はこれまでも引っ越しや退職の度に、かなりの量を捨てたのですが、目に見えるような成果は上がっていません。

そこで本屋に行って"賢い整理術　捨てる極意"といった本を買う

ことになって、またまた本を増やしてしまうのです。

　これからも、"捨てる"を心がけるつもりですが、もっと気をつけなければならないことは、自分が粗大ゴミに間違えられて"捨てられないようにする"ことかもしれません。

＜郷里の庭でたわわに実った小粒のブドウ：ポートレッドワイン＞

　　　　老いてなほ　煩悩まみれや　おぼろ月　　　　南天

## ○著者紹介

前村　晃（まえむら あきら）／筆名；真江村晃人（まえむらこうじん）／俳号；前村南天（まえむらなんてん）・前村晃人（まえむらこうじん）

**＜所属等＞**
・国立大学法人 佐賀大学名誉教授
・日本美術教育学会委員／美術科教育学会会員／日本保育学会会員／全国高校生押花コンテスト審査員／国民文化祭押花部門審査員

**＜誕　生＞**
・昭和22年（1947）5月8日 鹿児島県出水町（現・出水市）に生まれる。

**＜学　歴＞**
・鹿児島県立出水高等学校卒業／佐賀大学教育学部特別教科課程（美術・工芸）卒業／東京学芸大学大学院修士課程教育学研究科美術教育専攻修了／早稲田大学第一文学部哲学科教育学専修卒業／九州芸術工科大学（現・九州大学）大学院博士後期課程中退

**＜著書・翻訳等＞**
・単著、共著、共訳を含め30数冊はあるようですが、最近は数え上げることを止めました。思い出に残るものは本書中でも触れています。

**＜受賞＞**
・日本保育学会保育学文献賞
・日本教育研究連合会表彰

# 団塊世代人のモノローグ

2019年1月29日　　初版発行

著者　　前村　晃

定価（本体価格3,700円＋税）

発行所　　株式会社　三惠社
〒462-0056 愛知県名古屋市北区中丸町2-24-1
TEL 052（915）5211
FAX 052（915）5019
URL　http://www.sankeisha.com

乱丁・落丁の場合はお取替えいたします。
ISBN978-4-86487-987-3 C0095 ¥3700E